화성에 드리운 그림자
Shadow Over Mars

Shadow Over Mars

Copyright ⓒ 1953 by LEIGH BRACKETT

All rights reserved.
No part of this book may be used or reproduced in any manner
whatever without written permission except in the case of brief
quotations embodied in critical articles or reviews.

Korean Translation Copyright ⓒ 2025 by Alma Inc.
Korean edition is published by arrangement with Spectrum
Literary Agency, New York through BC Agency, Seoul

이 책의 한국어판 저작권은 BC에이전시를 통한 저작권자와
독점 계약한 (주)알마에 있습니다. 저작권법에 의해 한국 내에서
보호를 받는 저작물이므로 무단전재와 무단복제를 할 수 없습니다.

화성에 드리운 그림자
Shadow Over Mars

리 브래킷

이수현 옮김

차례

1 .. 7
2 .. 22
3 .. 39
4 .. 57
5 .. 72
6 .. 90
7 .. 103
8 .. 120
9 .. 136
10 .. 152
11 .. 165
12 .. 181
13 .. 194
14 .. 210
15 .. 224
16 .. 239

옮긴이의 글 .. 257

이수현의 《화성에 드리운 그림자》 다시 쓰기
화성의 그림자 .. 267

1

릭은 아무것도 보이지 않는 캄캄한 문틈에 꼼짝도 하지 않고 서 있었다. 귓가에 요란하게 울려 퍼지는 심장 소리 때문에 다른 소리가 하나도 들리지 않았지만, 황갈색 눈썹 아래 자리한 차가운 호박색 눈동자만은 좁은 터널 같은 길거리를 주시했다.

세월에 닳은 돌들 위에 고인 녹색 달빛 웅덩이 위로 세 개의 그림자가 미끄러지듯 다가왔다.

릭은 왼쪽 손을 올려 그들을 겨눴다. 꽉꽉 들어찬 조용한 집들 사이로 귀를 찢는 소리가 메아리쳤다. 그림자 둘은 소리도 없이 쓰러졌다. 세 번째는 포보스(Phobos, 포보스와 데이모스는 화성의 쌍둥이 위성이다―옮긴이)가 떨어뜨리는 빛줄기 속에 똑바로 서서 비명을 질렀다.

릭의 눈에는 해저 구덩이에서 태어난 검은색의 유인원이 또렷하게 보였다. 화성에서는 늘 마주치는, 진화의 눈먼 골목에 서식하는 기묘한 주민 중 하나였다. 어떤 사람은 그들이 한때는 인간이었는데, 고립된 불모지 마을에 살면서 퇴화한 거라고 했다. 또 어떤 이들은 그들이 인간도 유인원도 아니고, 그저 아무 데로도 이어지지 않는 길에서 튀어나온 존재라고 했다. 릭은 아무래도 상관없었다. 지금 그의 관심은 오직 테라개발회사Terran Exploitations Company가 저 검은 존재들을 사냥개처럼 훈련해서 사람들을 뒤쫓는 강제징집대로 쓴다는 사실뿐이었다.

릭에게 회사 광산에서 죽을 때까지 노예로 살고 싶은 소망 따위는 없었다. 그는 검은 유인원의 상복부를 세게 때려서 영영 입을 다물게 만들었다. 그 후에는 주위가 조용해졌다.

죽은 행성들을 빼면 그런 정적을 경험해본 적이 없었다. 회사 강제징집대는 혼란스러운 '9,000가지 환락의 거리' 북쪽부터 도시 성벽 모서리에 이르기까지 이 구역 전체를 덮쳤는데도, 그들이 내는 소란은 '루'의 정적을 건드리지도 못하는 것 같았다. 불로도, 산성 용액으로도, 강철로도 흠집 낼 수 없는 우주선의 합금 외피 같은 정적이었다.

릭은 좁고 구불구불한 길을 계속 걸어갔다. 두꺼운 벽에 달린 문과 창문이 툭 튀어나온 눈동자 같았다. 그래, 그 뒤에는 사람들이 있었다. 냄새도 맡을 수 있었다. 수만 명의 사람들이, 너무 많은 사람이 그곳에 살았다. 그런데도 지구의 달에 있는 지하 묘지를 걷는 것같이 조용했다.

화성에 새로운 법이 생긴 탓이었다. 시간의 무게로 닳고 닳은 이 행성, 인간이 기억할 수 있는 과거에는 얼마 안 되는 도시국가 법으로도 충분했던 세상에 말이다. 지구에서 에드 팰런이 테라개발회사와 함께 찾아왔고, 이제는 회사가 곧 법이었다. 그들은 법의 테두리 너머에 있는 개척지에 와서 자기들만의 규칙을 만들고 그 위에서 사람들의 등골을 빼먹었다. 떠돌이 테라인들은 회사와 싸우기는 했지만, 그것도 가능할 때만 벌이는 미미한 싸움이었다. 루 같은 도시국가에 사는 화성인은 문과 창문에 빗장을 지르고 모든 이방인의 머리통이 터지기를 기도했다.

릭은 갑자기 도시 성벽과 맞닥뜨렸고, 더는 갈 곳이 없었다.

등 뒤에서는 징집대가 다가오고 있었다. 설령 눈앞의 어마어마한 성벽을 타 넘을 수 있다 해도 그 너머는 죽은 바다까지 1.2킬로미터를 쭉 떨어지는 절벽이었다.

릭은 몸을 돌렸다. 두 눈에 초록색 빛이 담겼다.

그 마른 해저를 가로질러 화성식으로 2마일(3킬로미터 정도로 추측하지만, 정확한 화성의 거리 도량형을 알 수는 없다―옮긴이) 떨어진 곳, 회사 우주항에서는 로켓선 한 대가 총탄처럼 검은 하늘을 때리며 날아올랐다. 남쪽으로는 왕도King City의 무너진 탑들이 납작한 지붕 위로 높이 솟아 있었다. 그곳에서 다시 1마일 정도 가면 얕은 계곡 안에 신시가지New Town가 감춰 있었다. 세상 절반으로 통하는 떠들썩한 개척지 관문으로, 릭도 거기에서 왔다. 어디에도 빛이라곤 없었다.

보이지 않는 사람들이 싸우고 욕을 하고 비명을 질렀지만, 그래도 정적은 사라지지 않았다.

릭은 떡 벌어진 두꺼운 몸을 성벽에 등지고, 블래스터를 쥔 왼손은 아무렇게나 늘어뜨렸다.

누군가가 고함을 쳤다. 놈들이 죽은 유인원들을 발견한 것이다. 릭은 장화가 돌바닥을 때리는 소리를 들었다. 가까워지고 있었다.

느닷없이 빛이 나타났다.

벽에 등을 딱 붙이고 있지 않았다면 보지 못했을 것이

다. 그는 그제야 왼쪽에 있는 집이 성벽과 평평하게 이어지지 않는다는 사실을 알았다. 30센티미터 정도의 틈이 있었는데, 그 틈을 따라 3미터쯤 떨어진 곳에 누군가가 문을 열어두었다. 가늘고 희미한 틈이었다.

릭은 그 터널로 미끄러지듯 들어갔다. 옆걸음으로, 빠르게.

거칠고 성난 여자 목소리가 통속 화성어로 낮게 으르렁거렸다. 땅딸막한 그림자 하나가 빛 바닥을 가로질러 움직였다. 문이 닫히기 시작했다. 릭은 빗장이 내려오기 직전에 그 문에 어깨를 부딪쳤다. 무엇인가가 쉭 소리를 내며 뒤로 자빠졌다. 릭은 안으로 들어간 후에 발로 문을 걷어차 닫았다. 왼손에는 블래스터를 쥐고 있었다.

아무도 움직이지 않았다.

두꺼운 성벽을 도려내어 만든 방이었다. 작았고, 냄새가 심했다. 천장은 릭의 거친 황갈색 머리카락이 닿을 정도로 낮았다. 퀴퀴한 담요가 덮인 선반 침대 하나, 월나무를 손으로 깎아 만들었으니 릭이 광산 구멍에서 10년 동안 땀을 흘려야 벌 수 있는 유니버설 크레디트보다 더 비쌀 게 분명한 오래된 화성제 테이블 하나, 세트로 제작된 낡은 의자 두 개, 그리고 늙은 여자 하나와 난쟁이 하나가 있었다.

난쟁이는 꺼진 불이 남긴 잿더미 속에서 몸을 웅크린 채 숨을 몰아쉬고 있었다. 어린아이보다도 작은 키에, 말랐고, 녹색 눈은 가늘게 찢어진 형태였다. 늙은 여자는 선반 침대에 누워 있었다. 릭은 그냥 지저분한 늙은 여자라고 생각했지만, 눈이 마주치자 생각이 달라졌다.

늙은 여자의 두 눈은 월광석 같았다. 눈부신 진홍색 동공만 아니었다면 맹인이라고 믿었을 것이다.

"진정해."

그는 조악한 통속 화성어로 말했다.

그들은 아무 말도 하지 않았다. 릭을 빤히 보기만 했다. 릭은 피부가 근질거리는 느낌이었다.

저 뒤의 길거리에서 무슨 소리가 났지만, 릭은 추적자들을 따돌렸음을 알 수 있었다.

그는 문에 등을 대고 쪼그려 앉았다. 가슴팍이 들썩였고, 무지갯빛 금성제 스파이더 실크로 만든 셔츠가 몸에 달라붙었다. 그가 말했다.

"저놈들이 갈 때까지 여기 있겠다."

난쟁이가 제 무릎을 끌어안았다. 희뿌연 등잔 불빛 속에서 두 눈이 녹색 석탄처럼 불탔다. 늙은 여자는 움직이지도, 말을 하지도 않았다. 뒤엉킨 담요 속 어딘가에서 자그마한 붉은 도마뱀 한 마리가 나타나더니 흙바닥으로 뛰어내렸다.

"내가 네 미래를 읽겠다."

늙은 여자가 천천히 말했다. 릭은 웃음을 터뜨렸다.

"난 돈이 궁해. 항해사를 때렸다는 이유로 배에서 쫓겨난 데다, 봉급은 그 후에 만난 여자들 주머니로 전부 들어갔거든. 그 여자들에게 주머니가 있다면 말이야."

"내가 네 미래를 읽겠다."

릭은 여자를 쏘아보다가, 어깨를 으쓱였다. 그의 등 뒤에 놓인 문 말고는 들어오거나 나갈 방법도 없었고, 눈앞의 둘은 육체적으로 두려워할 구석이 없었다. 길거리의 소음은 가까워지지 않았다.

"마음대로."

"너는 믿지 않나?"

늙은 여자가 물었다.

"그런 건 여자들이나 믿지. 나로 말하면, 내 두 손으로 만드는 것만 믿어."

늙은 여자는 거무스름한 주름진 가죽 같은 얼굴에서 뱀의 송곳니같이 날카로운 이를 드러내며 웃었다. 두 눈은 기묘하게 강렬한 시선으로 릭만 바라보고 있었다.

여자는 천천히 일어나서 테이블로 걸어갔다. 여자가 천을 하나 들어 올리자, 깨끗한 물이 가득 담긴 은그릇이

나타났다.

릭은 악의 없이 웃었다. 늙은 여자의 새빨간 동공이 확 커졌다.

"넌 우주인이로군."

"떠돌아다니는 우주선 안에서 태어났고, 그 후로 바깥에 나온 적이 없었지."

"그 우주선은 특정한 세계에서 만들어졌지. 우주선이 그 세계에 매여 있나?"

"이런, 그럴 리가! 무슨 소리를 하려는 거야?"

"정신은 몸에 매여 있지 않다, 지구인. 생각은 우주선과 같다. 어디로든 갈 수 있지. 생각은 '문'을 열고 '시간'의 길을 걸을 수 있어. '시간'은 네가 딛고 선 화성만큼이나 실체가 있고, 방법만 알면 그만큼 쉽게 닿을 수도 있다."

릭은 노란 눈에 흥미를 드러내며 얼굴을 찌푸렸다.

"그럴지도. 하지만 시간이 러닝머신처럼 고정된 채로 내 앞에 펼쳐져 있다고는 믿지 않아. 내가 나아가면서 내 미래를 만들지. 정말 많은 일이 일어날 수 있어."

"그래. 하지만 실제로는 한 가지 일만 일어나지. 오늘 밤, 너는 너의 동료 침략자에게서 달아났다. 내 못난 손자가 무슨 소란인가 싶어서 문을 열지만 않았다면 네가 광산으로 잡혀갔겠지. 그래서 당장은 넌 안전해. 너는 갈림길에 왔다. 그리고 한 갈래를 택했지. 너에게 가능한 모든 미래는 지하 갱도가 아닌 벽 속의 틈으로 물러나는 선택을 한 그 순간으로부터 뻗어나가. 지구인이여, 삶이란 갈림길의 연속이다."

"그래서 당신은 그 선을 따라 정신을 쏘아 보내서 다음 길을 볼 수 있다는 건가?"

릭은 늙은 여자에게 물었다.

"그래."

릭은 웃었다.

"나쁘지 않은데. 그렇다면 언제나 어느 길을 택할지 미리 알고, 진흙탕 대신 황금 단지를 찾을 수 있겠군."

"너는 여전히 믿지 않는구나."

"난 언제나 도박을 좋아했어. 어쨌든, 상관없지."

"그래. 상관없다."

늙은 여자는 천천히 말했다.

그녀는 다시 한번 그의 얼굴을, 그의 두 손을, 그의 두 눈을 보았다. 그녀는 릭이 그 자리에 없는 것처럼 중얼거렸다.

"모순이군. 일 때문에 어리석고 상스러워졌지만, 뼈대는 괜찮아. 해저의 이끼에 뒤덮인 강철 능선처럼 살을 뚫고 드러나 보이는 턱, 코 그리고 광대뼈. 하지만 입에는 아직 허랑방탕함 말고 다른 형태가 잡히지 않았고, 눈은…… 눈은 자고 있군!"

릭은 가볍게 또 웃었다.

"그래서 내 미래를 읽고 싶은 건가?"

근육에서 긴장이 풀렸다. 바깥 길거리의 소음은 다시 멀어졌다. 최근 들어 열심히 돈을 없애며 한 일의 피로감이 그를 따라잡았다. 그는 하품했다.

잠을 잘 생각은 없었다. 정신은 멀쩡했다. 하지만 편안한 기분이 들었다. 붉은 도마뱀이 갑자기 작은 혜성처럼 그의 발치를 가로질러 달려갔다.

늙은 여자의 목소리가 속삭이듯 낮아졌다.

"그럴지도."

그녀는 은그릇에 담긴 물 위로 고개를 숙였다.

조용해졌다. 공기는 따듯하고 답답했다. 난쟁이는 잿더미 속에서 무릎을 끌어안았다. 늙은 여자의 숨소리는 느리고 장중한 리듬을 타며 오르내렸다. 마치 바다가 숨쉬는 소리 같았다. 붉은 도마뱀은 돌바닥 위를 조용히 내달렸지만, 아무 데로도 가지 않았다.

릭의 마음은 멍하니, 앞으로 뻗어나가서 복잡한 연결망을 그리는 길의 그림을 그렸다. 어떤 길에 접어들었다가 마음에 들지 않으면 왜 언덕을 가로질러서 그냥 다른 길로 가버릴 수 없는 거지?

길이 서서히 진홍빛을 띠었다. 길이 일렁이며 움직였다. 계속 길의 움직임을 따라가려고 했지만, 너무 많이 흘러다녀서 눈이 아프기 시작했다. 그는 눈을 감아버렸다. 그리고 생각했다.

'그래. 이제 좀 낫군. 딱 알맞게 어둡게 커튼을 내려. 7시에 깨워줘, 엄마.'

머리통 무게가 목 근육을 덜컥 움직이면서 빠져나가던 의식을 본능적으로 움켜쥐었다. 그는 반쯤 선 채로 눈을 떴다.

늙은 여자는 여전히 테이블 옆에 서서 은그릇 위로 몸을 굽히고 있었다. 벌어진 입에서는 날카로운 치아 위로 뱀 같은 호흡이 들락거렸다. 그녀는 릭을 응시하고 있었다.

난쟁이는 손발을 바닥에 대고 엎드린 채 공포에 질려서 움직임이 없었다. 호박 속에 갇힌 파리 같았다. 붉은 도마뱀은 달리고 달리고 또 달렸다. 끔찍하고 소리 없는 어떤 목적을 위해 달리기만 하고 어디로도 가지 않았다.

릭의 몸은 빗속의 두꺼비 배처럼 차가웠다. 그는 일어서려고 했다. 도마뱀이 움직이면서 그리는 정신 나간 패턴이 릭의 관심을 끌었다. 그러나 늙은 여자 쪽을 보지 않고서도 여전히 그 여자의 눈동자를 볼 수 있었다. 핏빛 별 주위를 소용돌이치는 흰 구름.

"뭘 하려는 거지?"

그는 탁한 목소리로 물었다.

그는 도마뱀을 잊으려고 했다. 그의 두뇌 일부는 이미 그 진홍색 미로에 갇혀 있었다. 얼굴이 실룩거렸다.

"나에게 최면을 걸다니, 이 쪼그라든 할망구가! 미래에 대해 헛소리를 늘어놓더니! 나에게 최면을 걸었어!"

릭의 머리카락에서 땀이 떨어졌다. 그는 발을 힘껏 버텼다. 왼손으로 블래스터를 들어 올렸다.

"날 잠재워서 저 유괴범들에게 던져주려는 거지!"

릭은 늙은 여자를 비난했다.

그녀의 시선이 그의 시선을 누르고 그의 힘을 꺾었다. 타오르는 진홍색 동공이 무시무시하게 불타는 작고 붉은 태양 같았다.

"너는 쏠 수 없다, 지구인."

그녀가 으르렁거렸다.

그는 블래스터 방아쇠에 놓인 손가락을 움직이려 애썼다. 붉은 도마뱀은 달리고 또 달리며, 그의 정신에 새빨간 실을 휘감았다.

늙은 여자는 갑자기, 어딘가에서 나이프를 꺼냈다. 그녀의 생각이 가진 힘이 그를 두들겼다.

"너는 쏠 수 없어!"

"너는 쏠 수 없다!"

릭의 근육이 굵은 밧줄처럼 두드러졌다. 그는 나약한 자신에게 울부짖으며 땀을 뚝뚝 흘렸다.

늙은 여자가 방을 가로지르기 시작했다. 그녀는 속삭였다.

"나는 네 미래를 보았다, 지구인. 네가 산다면 올 미래를."

그녀는 나이프 끝을 그의 목에 들이댔다. 그리고 중얼거렸다.

"네 그림자가 화성에 드리운 것을 보았지."

릭의 혈관이 부풀어 올랐다. 얼굴이 일그러지더니 죽음의 미소를 지었다. 나이프 끝이 목을 파고든 순간, 그의 손가락이 방아쇠를 눌렀다.

늙은 여자의 얼굴이 멀어지는 동안에도 그는 붉게 타는 그녀의 눈동자를 볼 수 있었다. 그는 쉰 목소리로 웃었다. 즐거움이라고는 담기지 않은, 짐승 같은 소리였다. 뜨거운 피가 목을 타고 흘렀지만, 나이프는 바닥에 댕그랑 소리를 내며 떨어졌고 깊이 찔리지도 않았다.

난쟁이가 가늘고 높은 비명을 내지르더니, 얼굴을 숨기고 납작 엎드렸다.

릭은 몸을 돌렸고, 잠시 후에는 빗장을 들어 올리고 문을 열었다. 밖으로 나갔다. 차가운 밤공기가 주는 충격이 어지러움을 약간 몰아내긴 했지만, 한 대 맞기라도 한 것처럼 머리가 둔했다. 그는 속삭였다.

"내 그림자라. 내 그림자가 화성에 드리운다고."

그는 왔던 길을 다시 걸었다. 유인원들의 시체는 그가 쏜 자리에 그대로 누워 있었다. 루의 견고한 침묵이 달빛 비친 어둠 속을 무겁게 짓눌렀다.

그는 뒤늦게 몸을 떨기 시작했다. 힘이 확 빠졌다. 그는 가슴팍을 힘겹게 들썩이며 벽에 기댔다.

옆길에서 네 개의 검은 그림자가 조용히 발을 내디뎠다. 그는 그 소리를 제때 듣지 못했다. 휙 돌아서서 총을 쏘았지만, 그때는 이미 그들이 그를 덮쳤다. 그는 짐승답게 빠르고, 강하며, 털 있는 동물 특유의 사향 냄새를 풍기는 근육질의 몸뚱이들 아래에 깔려 쓰러졌다.

릭의 머리가 돌에 세게 부딪쳤다. 그는 한동안 싸웠지만, 그것은 앞을 보지 못한 본능적인 몸부림이었다. 이윽고 그 몸부림도 잠잠해졌다.

유인원 하나는 길에 쓰러진 채 일어나지 못했다. 나머

지 셋은 릭의 무거운 몸을 손쉽게 짊어지고 정적 속으로 사라졌다.

 잠시 후, 도시 성벽 아래 좁은 공간에서 구부정한 작은 그림자가 하나 빠져나오더니 재빨리 남쪽으로 향했다. 언덕 위의 무너진 탑 쪽으로.

2

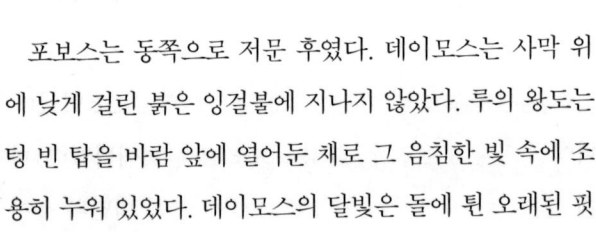

 포보스는 동쪽으로 저문 후였다. 데이모스는 사막 위에 낮게 걸린 붉은 잉걸불에 지나지 않았다. 루의 왕도는 텅 빈 탑을 바람 앞에 열어둔 채로 그 음침한 빛 속에 조용히 누워 있었다. 데이모스의 달빛은 돌에 튄 오래된 핏자국 같았다.

 탑의 낮은 층, 그러니까 예전에 국빈실과 관공서, 도서관과 보물 창고 들이 있던 곳에만 아직 견실한 벽이 남아 있었다. 그곳에는 생명이 있었다.

 알현실에 횃불이 하나 타올랐다. 한때, 화성에 짜고 푸른 바다가 있었고 초록색 산이 있었던 시절에 카라독 계보의 왕들이 앉았던 방이었다. 높은 옥좌와 그 주위를 둘러싼 사람들만이 불빛을 받고 있었다. 그들을 에워싼 넓고 텅 빈 어둠 속에서는 옛 영광을 짊어진 유령들이 주렁주렁 매달린 낡은 깃발을 바스락거리며 건조하고 날카로운 죽음의 악취를 내뿜었다.

난쟁이 를로는 예식용 양탄자 위에 몸을 웅크리고 있었다. 오래전에 재가 되어 떠도는 바람결에 날려간 처녀들의 길고 눈부신 머리카락으로 짠 양탄자였다. 난쟁이는 벌써 한참을 떠들다 못해 반은 읊조리고 있었고, 그 목소리는 돌벽에 가늘게 울려 퍼졌다. 횃불 빛에 보이는 녹색 눈동자는 정신이 나간 듯 거칠었다. 갑자기 어린아이에서 벗어난 모습이었다.

옥좌 왼쪽에서 한 여자가 그 모습을 지켜보고 있었다. 나이는 많지 않았으나, 그 긍지와 슬픔은 오래되었다. 마치 잿더미 속에 묻어도 끌 수 없었던 어떤 내면의 불이 그녀의 활력을 다 말려버린 것만 같았다.

옥좌 오른쪽에는 한 남자가 서 있었다. 단단한 근육질의 몸은 반쯤 벗은 채였고 평범한 병사의, 그것도 많이 낡은 멜빵을 걸쳤으나, 무기와 장식은 눈부시게 반짝였다. 흉터가 남은 여윈 얼굴은 무뚝뚝하고 무자비했으며, 두 눈은 우리에 갇힌 늑대와도 같았다.

이 남자는 뷰다흐, 루의 전사장이었다. 그는 전투를 겪은 적 없는 투사였다. 그의 영혼은 알현실에 걸린 너덜너덜한 깃발과 함께 있었다. 그는 왕에게 심장을 바쳤으며, 무기와 무기를 사용하는 지식도 모두 마찬가지였다. 지금 그는 죄수가 감방 자물쇠에 꽂혀 돌아가는 열쇠를 보는 듯한 눈길로 예언자의 손자를 지켜보았다.

옥좌에는 한 소년이 앉아 있었다.

소년은 어두우면서 밝았고 아름다웠다. 검날 같기도 하고, 새로 만든 창 같기도 했으며, 그 어머니를 불태운 불이 소년 안에서도 타올랐다. 그는 카라독 계보의 마지막 왕인 하랄로, 그 어린 목에는 단순하고 오래된 철제 '루의 목걸이'가 당당하게 채워져 있었다.

난쟁이 를로가 말을 멈췄다.

한동안 침묵이 감돌았다. 그러더니 하랄이 천천히 말했다.

"그자의 그림자가 화성에 드리운다고."

"제 할머니께서 보셨습니다. 할머니는 위대한 예언자였습니다."

난쟁이가 주장했다. 하랄이 읊조렸다.

"화성의 지배권이 지구인에게 간다니. 다른 세계의 멍에가 우리의 목을 파고들었구나."

여자가 항의의 소리를 질렀으나, 늑대 얼굴을 한 남자

가 더 빨랐다. 그는 옥좌 앞에 몸을 굽혔다.

"지금입니다, 주군! 지금이 공격할 때입니다. 화성의 남자들에게 피나 자긍심이 조금이라도 남아 있다면!"

소년은 천천히 일어섰다. 횃불 빛이 하얀 피부를 붉게 물들였다.

"뷰다흐."

늑대 같은 남자가 한쪽 무릎을 꿇었다.

"패러스를 나에게 보내라."

뷰다흐는 미소 지으며 떠났다.

"그 지구인이 어디에 있는지 아느냐?"

하랄이 를로에게 물었다.

"모릅니다. 하지만 찾겠습니다. 피의 빚을 갚아야 합니다."

를로는 입술을 핥았다.

"갚을 것이다."

여자가 옥좌 팔걸이에 두 손을 얹더니 한 번, 소리 없이 웃었다.

뷰다흐가 돌아왔다. 어떤 남자와 함께였는데, 하늘색 로브를 입은, 통통하고 웃는 얼굴의 젊은이였다. 젊은이의 두 눈은 죽은 예언자와 흡사하여, 붉은 점이 찍힌 월광석 같았다. 하랄은 그 남자에게 말했다.

"루에 충성하는 모든 도시 지도자에게 말을 전했으면 한다. 오래된 쌍둥이 달 깃발이 다시 올랐으며, 이번에는 지구의 압제자들에 대항해서라고 말이다. 가능한 한 모든 힘을 모아 대기하고, 전사장들은 전략 회의를 위해 비밀리에 루로 보내라고 일러라. 를로!"

난쟁이가 튕기듯 일어섰다.

"패러스와 함께 가거라. 그 릭이라는 지구인의 인상착의를 알려, 도시마다 그자가 나타나는지 지켜보라고 경고하라. 그 후에는 너도 가서 루 전역에 소식을 퍼뜨려라."

를로와 패러스는 허리 굽혀 절하고 나가려 했다. 하랄이 그들을 멈춰 세웠다.

"잠깐. 모두에게 구호를 알려줘야지."

하랄은 흥분에 얼굴을 빛내며 소년처럼 웃었다.

"모두 오래된 구호를, 화성에서 가장 오래된 구호를 전하라. 바다들이 일어났을 때 선원들과 해안 사람들이 외쳤던 말, 그 후에는 바다가 있었던 자리에 남은 사막과 황야에 사는 사람들이 외치는 말이지. 그들에게 전하거라, 패러스. '바람이 일고 있다'고!"

난쟁이와 예언자는 밖으로 나갔다. 하랄은 높은 옥좌에서 뛰어내리더니 어머니를 붙잡고 빙글빙글 돌다가 입을 맞췄고, 그다음에는 뷰다흐가 왼쪽 어깨 뒤에 짊어진 칼집에서 검을 빼 들었다.

그는 소리를 지르며 검을 높이 집어던졌다. 검날은 횃불 빛 속에서 빙글빙글 돌며 어둠에 붉은 불꽃을 던지다가 떨어졌다. 하랄은 능숙하게 떨어지는 검의 손잡이를 받아 쥐었다.

그 모습을 지켜보는 뷰다흐의 두 눈에 눈물이 고였다.

열흘 후, 회사 대표 에드 팰런은 높은 창문 앞에 서서 광활한 화성의 풍경을 내다보고 있었다. 그는 사무실 문이 열리는 소리를 듣고도 고개를 돌리지 않았다. 그럴 필요가 없었다. 그렇게 강렬하면서도 불규칙한 리듬으로 걷는 사람은 오직 자파 스톰밖에 없었다. 팰런이 말했다.

"이리 와보게. 정말이지, 볼만한 풍경이야."

스톰은 보고서 다발을 팰런의 책상 위에 내려놓고 넓은 글래사이트 창 쪽으로 걸어갔다. 그는 거대한 남자였다. 키는 194센티미터 정도였고, 딱 붙는 검은색 커버올(작업복의 일종으로, 옷 위에 덧입는 상하의가 연결된 형태의 옷—옮긴이) 안의 몸은 검투사와도 같았으며, 길쭉한 팔다리는 어디든 약해 보이지 않았다. 군살 없는 허리에는 '미키' 총이 꽂혀 있었다.

스톰이 팰런 옆에 서니, 팰런의 두꺼운 가슴과 건장한 몸도 작아 보였다. 스톰은 아무 말도 하지 않았지만 그의 검은 눈은 침울하게, 어쩌면 무섭도록 철저하게 모든 것을 지켜보았다. 팰런은 붉은 털이 덮인 두 손을 마주치며 껄껄 웃었다.

"내 자식이지. 이 아이는 성장하고 있어, 자파. 곧 화성 전체를 가지고 놀게 될 거야."

그의 '아이', 통칭 '회사'라고만 불리는 테라 개발 회사의 끓어오르는 힘을 바라보는 그의 두 눈에 불꽃이 깃들었다.

팰런의 사무실은 행정탑 꼭대기 층에 있었다. 벽을 모두 투명한 글래사이트로 둘러서, 사방으로 회사의 세계가 보였다. 실험실, 가공 구획, 주조 공장과 괴철 공장과 공구 공장, 거대한 갱구 덮개와 열차 창고, 그리고 로켓 폭발이 일어나도 안전할 만큼 멀리 떨어진 곳에는 팰러나이트 화물을 테라로 보내는 회사 우주항이 있었다.

행정 철탑의 높이에서는 다른 것들도 볼 수 있었다. 화성의 햇빛 아래 희뿌연 저 멀리까지 뻗어나가는 해저 바닥, 청회색 이끼를 뚫고 노골적으로 보이는 그 여윈 갈비뼈의 굴곡. 그리고 남쪽으로는 치솟은 바위 위로 떨어진 채 잊힌, 죽은 왕의 부서진 왕관과도 같은 루의 올드시티.

그곳에는 죽음이 있었다. 세월과 중단이 있었다. 팰런은 그곳을 작년에 버린 낡은 신발만큼도 신경 쓰지 않았다. 그는 회사의 생명력을, 기계와 기계를 휘두르는 남자들이 내는 천둥소리와 땀과 격동을 보았고 그것은 그의 생명, 그의 피, 그의 땀이며 치솟는 에너지였다.

그 아기는 죽어가는 화성에 지구가 침입한 시간만큼이나 어렸지만, 이미 근육질의 두 팔을 뻗어 한 행성을 거머쥐려 했다. 중앙 정부란 힘없는 상징에 불과하고, 진짜 힘은 마른 해저 바닥과 황량한 산 사이에 마구 흩어져 있는 행성 말이다. 팰러나이트를 발견하기 전까지만 해도 사실상 외국의 손이 닿지 않았던 행성. 하나로 뭉치지도 않았고 내향적이며 약했으니, 그 쉬고 있는 땅에서 퍼낼 수 있는 부와 힘을 처음으로 알아본 강자에게는 손쉬운 먹잇감이었다.

"정말이지, 볼만한 풍경이야."

팰런은 다시 한번 부드럽게 말했다.

"그래요."

스톰도 부드럽게 말했다. 그는 느릿느릿 걸어가서는 거대한 몸을 소파에 널브러뜨리고 앞주머니에서 담배를 꺼냈다. 빽빽한 검은 머리털은 작업복보다 더 새카맸고,

피부색도 별로 다르지 않았다. 그는 지구-수성 혼혈로, 우렛소리 울리는 '트와일라잇 벨트' 계곡에서 태어나 자랐다. 전설에 따르면 아기들이 뿔과 꼬리를 달고 태어나며, 열기에 심장이 다 타서 없어진다는 곳이었다.

책상 쪽으로 돌아간 팰런은 쌓인 종이 더미를 혐오스럽게 바라보았다.

"하! 이런 짓거리를 하느니 차라리 주조 공장에 돌아가고 말지."

"거짓말. 당신은 음모를 꾸미기 좋아하는 교활한 늙은 여우고, 그 일을 사랑하잖습니까. 어차피 진심으로 땀 흘려 일한 적도 없고."

스톰이 말했다. 팰런은 스톰을 쳐다보더니, 웃기로 했다.

팰런은 자리에 앉았다.

"자넨 곁에 두기 편한 사람은 아니야. 새로 뽑은 자들은 어떤가?"

"늘 똑같죠. 노란 눈의 덩치 큰 악마가 한 놈 있는데, 죽여야 할지도 모르겠습니다. 안 그래도 되면 좋겠지만요. 말처럼 힘이 세거든요."

팰런은 쿡쿡 웃었다.

"값싼 노동력이 최고지! 그리고 내가 신시가지를 조종

하는 한은 최고가 계속 공급될 거야. 떠돌이, 이주 농민, 사광 채굴자, 우주선 일꾼, 부랑자……. 사라져도 본인 말고는 신경도 안 쓸 놈들이 줄줄이지."

"법이 진출하기 전까지는 그렇죠."

팰런은 떠들썩하게 웃어젖혔다.

"그러게 말이야! 걱정스럽기도 하지!"

"예, 예. 그렇다고 쳐도 그놈들이 구시가지에 들어가면 안 되겠다고 의심을 품진 않았으면 좋겠네요. 거기서 잡는 게 좋거든요. 우리 애들에게 별로 강경하지도 않고. 화성 놈들은 두 손 놓고 앉아서 우리가 서로를 죽여 없애기만 바라죠. 그에 비해 신시가지는, 거기는 납치단을 안 좋아해요."

팰런은 어깨를 으쓱였다.

"그건 자네가 고민할 문제지, 자파. 광산을 계속 돌리기나 해. 내가 원하는 건 그뿐이니까."

"원하시는 대로 될 겁니다."

팰런은 고개를 끄덕였다. 그는 한동안 말없이 서류를 들고 씨름했다. 스톰은 가만히 앉아서 담배를 피웠다. 바깥에서는 회사가 조용한 화성에 무례하고 낯선 소음을 토하고 있었다.

이윽고 스톰이 말했다.

"어젯밤에 루에 갔었는데요. 올드 루 말입니다."

"좋은 시간 보냈나?"

"팰런, 말썽의 냄새가 납니다."

붉은 머리 남자가 눈을 들었다.

"말썽?"

"도시 느낌이 달라요. 열흘 전에 있었던 마지막 습격 이후로 달라졌습니다."

"무슨 소리야! 초능력이라도 발휘하겠다는 건가? 화성 놈들은 우리에게 인사도 안 해. 게다가 그 케케묵어 진 빠진 작은 멍청이들에겐 말썽을 일으킬 힘도 없다고."

스톰이 몸을 앞으로 기울였다.

"들어봐요, 팰런. 난 다크사이드 가장자리에 있는 아리 안로드의 절벽 동굴에서 네 계절을 보냈어요. 인간이 아니긴 해도 그자들은 아는 게 있고, 나도 거기서 몇 가지를 배웠죠."

스톰의 어두운 얼굴이 살짝 씰룩거렸다.

"난 어젯밤에 루를 걸으면서 그걸 느꼈어요. 벽과 어둠과 정적을 뚫고 느껴졌어요. 그곳 사람들 사이에 새로운 감정이 떠돌고 있어요. 공포, 불안, 이상한 긴박감이요. 이유는 아직 모르고, 그게 어디로 이어질지도 몰라요. 하지만 닫힌 문들 뒤에서 새로운 말을 속삭이고 있어요. 서로에게 '바람이 일고 있다!'고 한단 말입니다."

그의 음울한 검은 시선이 팰런을 향했다. 잠시 후, 팰런도 가만히 그 말을 되풀이했다.

"바람이 일고 있다."

그러더니 그는 갑자기 웃음을 터뜨렸다.

"뭐, 그러라지! 내가 세운 벽을 넘어뜨리려면 옛 화성에 불었던 어떤 바람보다 큰 바람이 필요할걸!"

그때 텔레스크린이 웅 소리를 내며 주의를 끌었다. 팰런은 연결 버튼을 눌렀다.

"카호라에서 호출입니다. 휴 세인트 존 씨예요."

교환수가 말했다.

"연결해."

팰런은 스톰에게 큼지막하게 윙크를 날리고 얼굴에 짐짓 우호적인 미소를 띠었다. 스크린이 깜박이다가 선명해졌다.

"안녕, 팰런. 바빠요?"

휴 세인트 존이 말했다.

"자네라면 아니지. 무슨 일인가?"

"무슨 일이냐고요? 나한테 정신머리라는 게 있긴 한지 궁금해지던 참입니다!"

세인트 존의 예민한 매부리코 얼굴은 지치고 허탈해

보였다. 그는 덥수룩한 금발 머리에, 예기치 못하게 기민하고 사람을 꿰뚫어 보는 푸른 눈이 특징이었다.

"일이 잘 안 돌아가나 보군?"

팰런이 물었다. 세인트 존은 쓰게 웃었다.

"통합주의 운동의 목적은 오직 지구인과 화성인 간에 이해를 증진해 서로를 해치지 않으면서 각자가 최선의 노력을 다할 수 있게 만드는 거예요. 그런데 지금까지 우리가 뭘 했죠? 우린 범凡 화성파와 온건파의 관계에 완전한 파탄을 초래했고, 지구인과 화성인의 사이는 갈수록 나빠지고 있어요. 그래요, 팰런. 일이 잘 돌아가진 않네요."

"무슨 새로운 소문이라도 있나? 뭐, 말썽이라거나, 폭동이라거나?"

"지금 우리는 온건파밖에 접촉하지 못하는데, 알다시피 이젠 온건파가 많이 남질 않았어요. 온건파도 우리만큼이나 배척당하죠. 게다가 여기 카호라에 있는 우리는 바깥에 대해 많이 알지 못하죠. 무역도시가 어떤지 알잖아요. 우리보다는 그쪽이 소문을 들을 기회가 더 많을걸요."

"난 아는 게 없어. 어디 보자, 돈이 더 필요한가?"

팰런은 아무것도 모르는 척 말했다. 세인트 존은 고개

를 끄덕였다.

"음, 우리가 극지대 도시들Polar Cities에서 일을 할 수 있다면 그나마 기회가 있어요. '사색가Thinker'들은 화성 전역에서 숭배받으니, 그들을 우리 편으로 만들 수만 있다면 현지인들의 마음을 우리 쪽으로 돌릴 수 있을지 몰라요. 하지만 당신은 우리에게 이미 워낙 많이 줬으니, 낭비처럼 보이기도 하겠죠."

"돈이야 아직 많아. 얼마나 필요해?"

"음, 한 5,000크레디트면 될 것 같은데요."

"6,000으로 하지. 더 필요하면 말해. 바로 보내겠네."

세인트 존은 이슬 맺힌 눈을 빛냈다.

"팰런, 당신 없이 우리가 어떻게 해나갈지 모르겠군요!"

"내가 거저 주는 것도 아니잖아. 화성은 자네만큼이나 나에게도 의미가 커. 다음에 보자고, 친구."

팰런은 손을 들었다.

"그래요. 그리고 고마워요."

스크린이 꺼졌다. 팰런은 의자에 등을 기대고 히죽 웃었다.

"멍청한 놈. 저 친절하고 상냥하고 소심한 멍청이!"

스톰은 살짝 재미있어하는 듯한 표정으로 그 모습을

보았다.

"확실해요?"

"무슨 뜻이야?"

팰런은 딱딱거렸다.

"저 통합당은 말 그대로 내 손으로 일군 거야. 저놈들에게 집중할 문제를 던져주기만 하면 순식간에 서로 머리통을 물어뜯기 시작하거든. 내가 원하는 게 바로 그거라는 사실은 전혀 모르면서 말이야."

스톰은 어깨를 으쓱였다.

"글쎄요?"

"맙소사, 자파. 자네는 의심이 너무 많아. 자기 자신도 믿지 않을 것 같군."

"안 믿습니다. 그래서 아직 살아 있죠."

스톰은 조용히 말했다.

팰런은 스톰을 빤히 쳐다보았다. 그때 텔레스크린이 다시 진동하며 짧고 불안한 소리를 연이어 냈다. '긴급' 신호였다.

두 남자 모두 텔레스크린으로 달려갔다. 스크린이 켜졌다. 기름때 묻은 작업복을 입은 남자가 스크린을 뚫고 올 듯이 앞으로 몸을 기울였다. 그의 얼굴에는 피가 흐르고 있었다.

"5번 갱도에 말썽입니다. 새로 온 패거리가 미쳐버렸어요."

"상황이 얼마나 나쁜가?"

팰런이 날카롭고 귀에 거슬리는 목소리로 물었다.

"경비병들을 쓰러뜨렸습니다. 묶인 사슬로 때려눕혔어요. 그 덩치 큰 릭이라는 놈, 그놈이 패거리를 이끌고 있습니다. 미키 네 자루를 낚아채서는 광물차 뒤에 자리를 잡았어요. 총이 네 자루나 있다고요."

"그 상처는 총에 다친 건 아닐 텐데."

남자는 손가락으로 얼굴에 묻은 피를 닦았다.

"광물 조각도 던지고 있습니다. 아무래도 수갱으로 돌진할 것 같습니다."

"좋아, 내가 바로 내려가지."

팰런은 스크린을 끄고 같이 있던 남자를 돌아보았다.

"그 패거리가 몇 명이었나, 자파?"

"서른두 명."

팰런은 다른 곳으로 연락해서 희고 거대한 금성인에게 짧게 지시했다. 화면에는 늘어선 무기 선반과 배경에 선 여러 거한이 보였다. 완력을 쓰는 일을 맡은 중간 보조팀은 금성인으로만 구성된 팀을 쓰자는 건 자파 스톰의 아이디어였다. 이방인인 데다가 포악하기 그지없는 그들에게는 오직 두 가지 관심사밖에 없었다. 음식과 싸움이었다. 스톰은 둘 다 넉넉하게 챙겨줬다.

"바고? 5번 갱도로 열다섯 명 보내라. 고출력 배닝 충격기도 가져가. 거기 밑에 거칠게 놀아보고 싶어 하는 놈이 서른두 명 있으니, 다 너희 몫이야!"

팰런이 말했다.

3

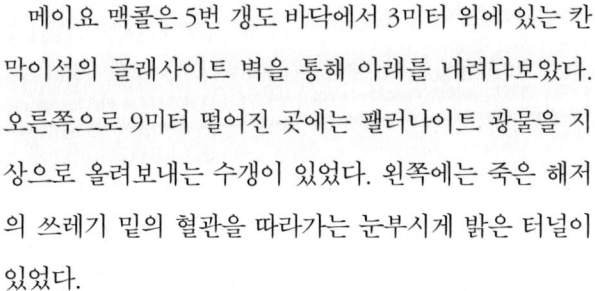

메이요 맥콜은 5번 갱도 바닥에서 3미터 위에 있는 칸막이석의 글래사이트 벽을 통해 아래를 내려다보았다. 오른쪽으로 9미터 떨어진 곳에는 팰러나이트 광물을 지상으로 올려보내는 수갱이 있었다. 왼쪽에는 죽은 해저의 쓰레기 밑의 혈관을 따라가는 눈부시게 밝은 터널이 있었다.

메이요 맥콜은 아래에서 이리저리 뛰어다니는 남자들을 주시하다가, 차분하게 손을 뻗어서 테스트 빔을 조종하는 스위치를 닫았다. 갱도 앞쪽으로 퍼진 빔은 팰러나이트가 포함된 탁한 붉은색 돌덩이가 담긴 차량을 빠짐없이 확인했다. 팰러나이트는 화학적으로 부정형인

물질로, 이미 지구의 플라스틱 산업에 혁명을 일으키고 있었다.

메이요는 혼자였다. 갱도 바닥에 있는 사람 중 누구도 그녀에게 관심을 두지 않았다. 그녀는 앞에 있는 테이블 위에 팔을 얹고 기술자용 진녹색 작업복 소매를 걷었다. 그리고 손목시계에 숨겨진 단추를 눌렀다.

렌즈와 은제 케이스가 반쯤 올라오더니, 초소형 양방향 무전기가 드러났다. 메이요는 아래에 있는 남자들을 지켜보며 천천히 다섯까지 셌다. 갈색 눈동자에 어두운 광채가 돌았다. 그녀는 작업복으로도 감춰지지 않을 만큼 건강하고 탄력 있는 몸의 소유자였고, 풍성하고 따뜻한 마호가니 빛깔의 털색 때문에 피부가 크림색으로 보였다.

"어서 말해."

무전기가 속삭였다.

메이요 맥콜은 입술을 움직이지 않으면서도 조용하고 또렷하게 말했다.

"내가 맡은 갱도에서 새로 온 패거리들과 말썽이 일어났어. 증폭기와 녹화기 준비해요. 내가 내려…… 잠깐만. 금성인 경비원 한 무리가 배닝 충격기를 가지고 막 도착했어. 큰일 같아요. 딱 우리가 원하던 사태일지도 몰라."

"조심해, 메이요. 당신이 뭘 하는지 놈들이 알아내면 어떻게 할지 알잖아."

"알아. 팰런과 자파 스톰도 있어. 잘됐네. 계속 듣고 있어."

메이요는 조심스럽게 소매를 내려 헐렁한 천으로 무전기를 덮었다. 그녀는 칸막이 문을 열었다.

지금 눈에 보이는 갱도는 비어 있었다. 그녀는 잽싸게 플라스틱 계단을 내려가서 왼쪽으로 방향을 틀었다. 붉은 돌벽에 바싹 붙어서 조용히 움직였다. 짐수레용 길에 달린 난간이 하얀 불빛을 받아서 은빛으로 반짝였다.

저 앞, 터널 굽이를 돌아간 곳에서 갑자기 튼튼한 충격기가 돌아가는, 귀에 거슬리는 소음이 들려왔다.

첫 번째 충격 빔은 저출력이었다. 릭은 광물 차량 뒤에 몸을 숨긴 채로도 액체로 만든 불처럼 충격이 몸을 훑고 지나가는 것을 느꼈다. 심장이 쿵쾅거렸지만, 견딜 수 없을 정도로 아프진 않았다.

릭 옆으로는 난간을 따라 스물두 명이 흩어져 있었다. 나머지 아홉 명은 첫 번째 난투 때 경비병들의 총에 맞아 죽었다. 패거리를 쓰러뜨리기 위해 배닝 충격기가 초점을 넓혔다.

남자 하나가 새된 목소리로 소리쳤다.

"젠장! 우린 저거 못 버텨! 놈들이 출력을 올릴 거야."

"닥쳐."

릭은 말했다.

금성인 바고가 그들에게 소리를 질렀다. 그는 천진난만하니 행복해 보였고, 어울리지 않게도 친절한 노파처럼 새하얀 머리카락을 위로 틀어 올린 모습이었다.

"이제 나오지그래, 엉?"

그는 광부들에게 말했다.

답은 없었다. 바고는 주위를 둘러보았다. 막 나타난 자파 스톰이 묘하게 느긋한 특유의 걸음걸이로 편안하게 뛰어오고 있었다. 팰런은 조금 떨어진 뒤쪽에 있었다.

"자네들이 알아서 하게!"

팰런이 손을 내저으며 외치더니, 너무 가깝지 않은 곳에 멈춰 서서 벽에 기댔다.

"출력을 1초에 한 눈금씩 올려라."

스톰이 조용히 말했다. 배닝을 쥔 금성인은 히죽 웃고는 작은 레버를 움켜잡았다.

"열까지 세겠다."

스톰은 특정한 상대 없이 또렷하게 말했다.

차갑고 눈부신 조명 아래 사방이 조용했다. 릭은 차량 바퀴 너머를 엿보았다. 떨리는 손으로 미키를 들어 올리자 쇠사슬이 부딪치는 소리가 작게 울렸다.

그는 쏘지 않았다. 그 작은 총은 힘센 남자가 광물 조각을 던질 때보다도 사정거리가 짧았다. 그래서 반란자들이 아직도 대립하고 있었던 것이다. 회사 놈들은 광물 조각이 닿는 거리보다 멀찍이 물러섰다.

릭은 배닝 충격기의 레버가 딸깍 움직이는 것을 지켜보았다. 앞에 놓인 바퀴 가장자리에 작고 푸른 빛이 깜박이기 시작했다. 릭의 몸도 변덕스러운 폭력에 경련하기 시작했다. 번득이는 고통에 신경 하나하나가 불거져 나왔다.

자파 스톰이 숫자를 세기 시작했다.

자파 스톰의 목소리는 시계가 움직이는 것과 같은 비인간적인 리듬으로 돌 천장 아래 메아리쳤다.

스톰이 "다섯"이라고 하자 반란자 한 명이 비명을 내지르며 빽 소리쳤다.

"나갈게! 나간다고!"

자파 스톰은 숫자 세기를 멈추고 손을 수평으로 뻗었다. 전류는 강해지지 않았다. 죽음 같은 침묵 속에서 비명을 질렀던 남자가 바위를 돌아 기어 나갔다. 뒤에 늘어진 그림자는 시커멓고 인간 같지 않았다. 손목에 달린 사슬이 절그렁절그렁 끌렸다.

여섯 명이 뒤따랐다. 릭은 그들을 바라보았다. 총을 들어 올리려고도 했지만, 손이 노인처럼 부들부들 떨리기만 하고 힘이 들어가지 않았다.

스톰이 다시 숫자를 세기 시작했다.

충격기 레버는 그 후로 세 번 멈췄고, 남자들은 흐느끼며 바위 위를 기어갔다. 스톰이 "열"이라고 말했을 때, 릭 옆에 남은 사람은 한 명뿐이었다. 심장이 약했는지, 죽어 있었다.

"꺼라."

스톰이 말했다.

금성인은 놀란 얼굴이었지만, 엄지손가락으로 스위치를 눌렀다. 기계 소리가 멎었다. 릭의 몸은 축 늘어졌다. 그는 엎드린 채로 짐승처럼 헐떡이고 있었다. 피부는 기름을 두껍게 바른 것처럼 땀투성이였다. 스톰이 물었다.

"릭, 그만둘 준비는 됐나?"

릭은 한참 후에 웃음을 터뜨렸다. 스톰이 말했다.

"아마 항복하든 말든 내가 널 죽일 거라 생각하겠지."

릭의 대답은 불분명하게 들렸지만, 의미는 명확했다.

스톰은 고개를 끄덕였다. 그가 충격기 앞의 금성인에게 신호를 보내자 그 남자가 일어나고, 스톰이 배닝 충격기 앞에 앉았다.

경비병과 핏기 없는 얼굴의 지친 광부는 모두 벽으로 물러섰다. 그들은 아무 말도 하지 않았다. 숨소리만 거칠고 크게 울렸다. 조용하고 하얀 조명이 갱도를 가득 채우고 있었다.

스톰은 서두르지 않고 담뱃불을 붙였다. 그는 성냥을 담뱃갑에 집어넣고 무게를 가늠하다가 집어 던졌다. 특별히 힘을 주는 것 같지도 않았는데, 담배갑은 휙 소리를 내며 릭의 등 뒤에 있는 벽을 때렸다.

이윽고 릭이 무릎을 세워 일어나더니, 담뱃갑을 집어 들고 바위에 기대앉아서 폐 속 깊숙이 연기를 빨아들였다. 조용한 만큼 하얗게 달아오른 튜브가 지글거리는 소리가 크게 들렸다. 릭은 그쪽을 올려다보았다.

그 튜브는 천장에 파인 홈에 묻어놓은 데다, 무거운 와이어 스크린으로 보호받고 있었다. 부술 방법이 없었다. 릭도 알고 있었다. 이미 온갖 방법을 시도해봤다. 튜브 전체를 가동하는 스위치는 뒤쪽, 갱도 입구 가까이에 있었다. 개별 구역마다 작동하는 스위치도 따로 있었지만, 릭의 손이 닿지 않는 곳에 있었다.

그는 갱도가 비스듬히 굽어지는 꼭짓점에 앉아 있었다. 그의 왼쪽으로는 터널이 막다른 골목으로 이어졌고, 측면 갱도는커녕 몸을 숨길 곳조차 없었다. 대체로 그랬다. 이 갱도는 깊게 파이지 않았고, 확실히 배닝 충격기의 사정거리 안에 있었다.

거의 바로 앞, 맞은편 벽에는 버려진 측면 갱도의 어두운 입구가 보였다. 아마도 그 역시 막다른 길로 이어질 테지만, 선사시대 화성의 거대한 진흙벌레가 남긴 끝없는 미로로 이어질 가능성이 아예 없진 않았다. 진흙벌레들이 파놓은 터널은 해저 아래쪽에 화석이 되어 남아 있었다. 어느 쪽이든 결국엔 빠른 죽음이냐, 느린 죽음이냐의 차이밖에 없었고, 그 입구까지 간다는 건 포보스에 오르는 것과 다를 바 없었다.

릭의 오른쪽 멀리, 헐벗고 혹독한 돌 저편에서는 자파 스톰이 담배를 떨구더니 밟아 껐다.

스톰이 몸을 앞으로 기울였다. 두 손이 부드럽고 정교하게 배닝을 건드렸다. 그는 충격기 끝을 높게 올리고 시험용 빔을 쏘았다. 이번에는 초점이 좁았고, 지잉 울리는 소리는 히스테리컬하게 높았다.

창백하게 지글거리는 가느다란 화염 선이 쏘아져 나와서 반대쪽 벽을 건드린 후 사라졌다. 연기가 피어오르는 벽면은 유리처럼 녹아 있었다.

느닷없이 사슬에 묶인 남자 한 명이 벽으로 고개를 돌리고 토하기 시작했다.

릭은 금속 바퀴 뒤에 몸을 웅크렸다. 그의 노란 눈동자에는 고양이처럼 차갑고 잔혹한 빛이 깃들었다. 몸은 긴장을 풀고 고요히 멈췄다.

자파 스톰이 배닝 충격기를 아래로 내렸고, 그 어두운 얼굴에는 즐거움도 흥미도 없었다.

그는 빔을 릭이 숨은 바퀴에 겨눈 채 두었다.

가까이 쏘아진 전기가 릭의 몸속을 불로 지지는 것 같았다. 바퀴가 달아오르기 시작했다. 바퀴 가장자리로 푸른 화염이 춤을 췄다. 릭의 얼굴에서 땀이 쏟아지다가 마르고, 피부가 성난 듯이 붉어졌다. 두 눈이 고문당하고 있었다.

릭은 갑자기 뛰어 일어나서 난간을 따라 다른 바퀴 쪽으로 이동했다. 빔이 그의 머리 위에 번득이다가 그의 앞으로 내려왔다. 펄쩍 뛰어 물러나서는 반대 방향으로 뛰었다. 이번에도 빔이 더 빨랐다.

그는 다시 같은 바퀴 뒤에 몸을 숙였다. 빔은 바퀴 중앙을 찾아내어 지졌다.

릭은 측면 갱도까지 가는 거리를 재보았다. 그는 소리 없이, 즐거움 한 점 없이 웃고는 몸을 다잡았다.

텅 빈 갱도에서, 스톰과 잡힌 남자와 금성 경비원 너머, 하얗게 질린 얼굴로 벽에 기댄 에드 팰런 너머에서 여자 목소리가 날아왔다.

"그만!"

터널 천장에 급한 발소리가 울려 퍼졌다. 어수선하게 왁자지껄한 목소리가 터져 나왔다. 바퀴에서 열기와 푸른 불길이 사라졌다. 릭은 조심스럽게 바퀴 너머를 내다보았다.

여자가 보였는데, 아름다웠다. 기술자용 작업복을 입었는데도 자파 스톰에게 서둘러 다가가는 모습이 사랑스러웠다. 곱슬곱슬한 머리카락이 얼굴을 감싸고 흘러내렸고, 갈색 눈동자는 활활 타올랐다. 어찌나 분노가 가득한지, 빛을 뿜어내는 것처럼 보일 지경이었다.

"그만해요. 그만해!"

팰런이 그 여자 뒤로 다가오고 있었다. 속이 안 좋은 얼굴이었다. 스톰이 부드럽게 말했다.

"멈췄어."

여자가 소리쳤다.

"이 사람들을 자유로운 거리에서 납치해다가 사슬에 묶어서 노예로 만드는 걸로도 부족한가요. 살해하기까지 해야겠어요!"

스톰은 느릿하게 일어나면서 다른 금성인에게 충격기 앞으로 돌아가라고 손짓했다.

"내가 그런 일을 한다는 건가, 아가씨?"

"얼버무릴 생각 말아요! 사실인 거 알잖아요."

"내가 그러는지 당신이 어떻게 알아?"

"모두가 알아요!"

"그런가? 정말로?"

스톰의 손이 어찌나 빠르게 튀어 나가는지, 잔상밖에 보이지 않을 정도였다. 그는 여자를 가까이 끌어당기더니 호기심을 담아 상냥하게 말했다.

"아니면 혹시 내가 그 사실을 인정하게 하려는 건가? 다른 사람이 들을 수 있게?"

스톰의 반대쪽 손이 인간같지 않은 속도로 움직였다. 여자는 몸부림을 치며 왼팔로 그를 때렸다. 그는 소리내어 웃었다. 그가 여자의 손목을 잡자 희미하게 금속성이 울렸다. 그는 여자를 꽉 잡고 소매를 걷어 올렸다.

"그래. 그럴 줄 알았지."

그는 시계 모양의 무전기를 벗겨내어 밟아 부쉈다.

팰런이 조용히 휘파람을 불었다.

"이 여자는 내가 사무실로 데려가는 게 낫겠군."

스톰은 고개를 끄덕였다. 그의 검은 눈동자는 따뜻했다. 여자는 그에게 조용히 안겨 있었다. 진녹색 작업복의 목 부분이 뜯겨 나가 열려 있었는데, 목과 뺨이 막 뜯은 크림처럼 매끈했다.

"굉장히 힘이 세군요."

여자는 속삭였다. 그녀는 몸서리를 치더니 고개를 뒤로 젖혀 스톰에게 기댔다. 두 눈은 감겨 있었다.

"잡힌 것 같네요."

"으흠."

"날 죽일 건가요?"

여자가 물었다.

"경우에 따라 다르겠지."

여자는 속눈썹을 들어 올렸다.

"난 아직 죽고 싶지 않은데요."

스톰은 웃음을 터뜨렸다. 그는 여자를 잡아 정면으로 마주 보게끔 돌렸다. 그녀의 눈을 들여다볼 수 있도록.

"굉장히 빠른 판단인걸, 아가씨."

"이런 곳에서 시간 따윈 별 의미가 없죠."

"당신은 거짓말쟁이야. 아주 아름답고 사랑스러운 거짓말쟁이."

여자는 아무 말도 하지 않았다. 그녀의 입술은 따듯하고, 장밋빛이었으며, 생생했다.

"난 당신 마음을 읽을 수 있어."

스톰이 말했다. 여자는 중얼거렸다.

"굉장히 똑똑하네요. 나도 내 마음을 못 읽는데요."

스톰은 다시 한번 부드럽게 웃었다. 그는 거대한 몸을 굽히더니 느긋하게 그녀에게 입을 맞췄다.

그러던 도중, 그녀는 아직 그에게 입술을 붙인 채로 무릎을 거세게 차올렸다. 무섭도록 정확하기까지 했다.

릭이 탄성을 터뜨렸다. 자파 스톰은 엄청난 고통에 얼굴을 일그러뜨리고 몸을 반으로 접었다. 여자는 다시 한번, 이번에는 스톰의 무릎을 걷어차더니 풀려났다.

"난 마음도 훈련했거든."

여자는 소리치고 달아났다.

금성인들은 무릎을 굽히고 구역질하는 스톰을 보고 미친 듯이 웃기 시작했다. 수갑을 찬 남자들도 합세했다.

팰런은 여자를 잡으려 했다가 놓쳤지만, 경비병 몇 명이 뛰어갔고 수갱으로 돌아갈 길은 막혔다. 릭은 광물 차량 뒤에서 크게 외쳤다.

"조명 스위치!"

단 두 걸음 사이에 여자의 시선이 릭을 향했다가 터널 입구 근처에 있는 스위치로 향했다. 스위치는 경비병과 떨어져 반대쪽 벽에 있었다. 여자는 그리로 움직였다.

"쏘지 마! 산 채로 잡고 싶다."

팰런이 그렇게 외치더니 뛰기 시작했고, 덩치 큰 중간

급 경비병 여섯 명이 그를 지나쳐서 뛰었다. 여자는 진녹색 혜성처럼 빨랐다.

자파 스톰이 일어났다. 몸은 계속 구부리고 있었지만, 릭이 생각했던 것보다 발걸음은 안정적이었다. 얼굴에는 아무 표정이 없었다. 고통조차 드러나지 않았다. 그는 배닝 앞에 앉은 금성인을 거칠게 밀어냈다. 때려눕히고도 쓰러진 그에게 눈길 한 번 주지 않았다.

스톰이 충격기를 발사했다. 빔은 두 명의 금성인 사이를, 그것도 그 둘이 그을릴 정도로 아슬아슬하게 관통해서 여자의 왼쪽에 1.5미터 떨어진 벽을 때렸다. 여자는 주춤하지도 않았다. 격노한 팰런이 외쳤다.

"멈춰! 저 여자는 심문해야 해!"

스톰은 다시 빔을 쏘았다. 금성인들이 빔을 피해 뿔뿔이 흩어졌다. 여자가 엎어져서 굴렀다. 빔은 간발의 차이로 여자를 놓쳤고, 다음 순간에는 릭이 일어나서 돌 위를 빠르게 질주했다.

릭이 소리를 지르자, 스톰의 주의력이 살짝 흐트러졌다. 릭은 발을 멈추지 않은 채 왼손에 든 물건을 던졌다.

광물 조각이었다. 무겁고 울퉁불퉁했다. 그 돌덩이는 스톰의 얼굴 왼쪽을 때리고 그를 쓰러뜨렸다.

조명이 꺼졌다.

배닝 충격기는 여전히 켜져 있었다. 암흑 속에서 충격 빔이 현실감 없이 소름 끼치는 빛을 발했다. 릭의 눈은 금세 적응했다. 그는 스톰이 바닥에 떨어지기 전에 터널 입구로 향했고, 푸르스름한 빛 속에서 같은 목적지를 향해 달려가는 여자의 그림자를 알아보았다. 다른 곳에서는 대혼란이 펼쳐지고 있었다.

아무도 그들을 추격하지 않았다. 그들은 배닝 충격기를 두려워했다. 벽 쪽에서는 들썩거리는 소리와 불경한 소란이 일어났다. 누군가가 마침내 배닝을 잡고 "조심해!" 하고 소리를 지르더니 사방에 빔을 쏘기 시작했다. 릭과 여자는 터널 입구에서 부딪혀 넘어졌다. 치직거리는 화염의 혓바닥이 두 사람의 머리통이 있던 허공을 핥고 지나갔다. 그들은 그 불이 돌아오기 전에 측면 갱도의 암흑으로 뛰어들었다.

통로가 꺾였다. 그들은 벽에 부딪혀서 더듬더듬 모퉁이를 돌았고, 그 뒤에서는 배닝 충격 빔이 당황하고 분노하여 바위를 물어뜯었다.

"서둘러."

릭이 말했다.

그들은 뛰었다. 제정신이라면 아무도 그렇게 빨리 움직이지 않았을 것이다. 그들은 암벽과 바닥에 버려진 채굴 잔해와 암흑, 그리고 스스로와 싸우며 도망쳤다.

릭은 세 번인가 '끝이야. 터널이 끝났어. 막다른 벽이야!'라고 생각했지만, 그때마다 더듬거리는 두 손은 길모퉁이를 찾아냈고 그들은 계속 나아갔다.

갑자기, 그야말로 느닷없이, 갱도가 달라졌다. 평평하던 바닥이 거대한 파이프 밑바닥처럼 둥글어졌다. 떨어진 돌조각도 없었다. 벽은 곡선을 그렸는데, 사람 손으로 만들어낸 듯 규칙적으로 매끈했다.

그들은 한동안 더 가다가 속도를 늦추고, 결국 멈췄다. 정적은 암흑만큼이나 철저하고 무거웠다. 그들의 거친 숨소리가 신성 모독처럼 울렸다. 마치 무덤 속의 소음 같았다.

그들은 본능적으로 서로에게 다가갔다. 만질 수 있는 거리까지 접근했다. 릭의 손목에 걸린 사슬이 철그렁거렸다. 여자가 속삭였다.

"놈들은 따라오지 않았어."

"그래. 검은 녀석들을 보낼 거야. 유인원 말이야."

"예전에 들어본 그 미로인 거지, 여기? 해저가 단단해지기 전에 거대한 벌레가 기어다니던 통로."

여자가 중얼거렸다.

"맞아."

"나갈 방법이 있어?"

"몰라. 때로는 벌레 터널이 구덩이로 이어지기도 하고, 절벽으로 이어지기도 해. 때로는 지붕에 금이 가 있기도 하고. 이 터널은 모르겠어."

"살아 나갈 가능성이 썩 높진 않다는 거지?"

하지만 여자의 목소리에 두려운 기색은 없었다.

"별로 좋진 않지."

정적. 그들의 숨소리, 그들의 체열, 그들의 두려움이 두터운 어둠 속에서 뒤섞였다.

"이름이 뭐야?"

릭이 여자에게 물었다.

"메이요 맥콜. 당신은?"

"리처드 건 어크하트. 릭이라 부르면 돼."

"안녕, 릭."

"안녕, 메이요."

그는 여자의 어깨를 찾아서 흔들었다.

"용기 있던데, 당신. 하, 당신이 그 덩치 큰 놈을 영영 못쓰게 만들어놨다면 좋겠어."

"당신이 던진 돌멩이도 쓸 만하던데."

"아무래도 그 돌로 죽이진 못했을 거야. 그랬으면 좋겠어. 언젠가는 그놈을 다시 보고 싶거든."

"그리고 팰런은?"

메이요가 물었다.

"팰런과 그 빌어먹을 회사 전부. 그놈들을 남김없이 밟아 없애고 싶어……."

릭의 목소리는 증오에 차 있었다. 잠시 후에 메이요가 속삭였다.

"그럴 수 있을지도 몰라. 우리가 운이 좋다면."

"무슨 뜻이야? 설명해봐."

릭이 물었다.

"우리가 살아남는다면, 내가 방법을 알려줄 수 있을지도. 지금은 움직이는 게 좋겠어. 어느 쪽으로 가지?"

"내가 잡은 손목이 어느 쪽이야?"

여자는 손목을 살짝 움직였다.

"왼쪽."

"그럼 그쪽으로 가지. 당신 운이 좋아야 할 텐데!"

4

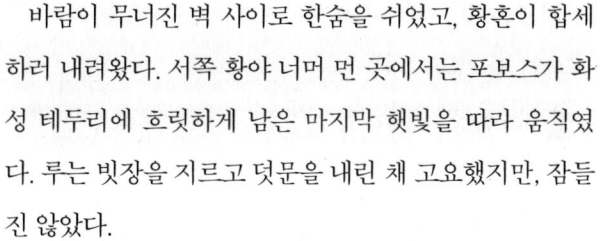

 바람이 무너진 벽 사이로 한숨을 쉬었고, 황혼이 합세하러 내려왔다. 서쪽 황야 너머 먼 곳에서는 포보스가 화성 테두리에 흐릿하게 남은 마지막 햇빛을 따라 움직였다. 루는 빗장을 지르고 덧문을 내린 채 고요했지만, 잠들진 않았다.

 밤이 오자, 그림자가 길거리를 기어다녔다. 몇 개는 도시 성벽에 난 비밀 출입구를 통해 빠져나갔다가 왕도로 올라가서 사라졌다. 그러나 알현실에서 펄럭이는 햇불빛 속에 들어서자, 그들은 남자로 변했다.

 그것도 싸우는 남자들이었다. 나이도, 몸집도, 색깔도, 메고 있는 멜빵이 나타내는 도시국가도 달랐지만 모두

한 가지를 공유하고 있었다. 그들의 표정. 우리에 갇힌 늑대 같은 표정이었다.

그들은 몇백 년 동안 전쟁 지도자들의 손이 닿아 움푹 팬 핏빛 나무 테이블에 둘러앉았다. 높은 옥좌에 앉은 소년 왕 하랄이 구부러진 검처럼 몸을 앞으로 내밀었고, 언제나 소년 왕 오른쪽에 서 있는 뷰다흐의 두 눈은 불에 달군 강철 같았다.

도시 구획 안에는 단 하나의 그림자만 남아 있었다. 작고 등이 굽었으며 빠르게 움직이는 그림자로, 두 눈은 포보스의 빛을 받아 에메랄드처럼 빛났다. 그 그림자는 문에서 문으로 움직이며 속삭이고 질문했는데, 그가 묻는 이름은 "릭"이었다.

별 위로 높이 솟아오른 망가진 '운명의 탑'에서는 예언자 패러스가 물그릇 위로 젊은 얼굴을 굽혔다. 그의 정신은 마른 해저와 모래사막, 세월에 닳은 산 너머로 뻗어나갔다. 그 정신 또한 다른 정신에 접촉하여 질문을 던졌고, 묻는 이름은 "릭"이었다.

초록 눈의 그림자와 예언자의 정신에는 똑같은 답이 돌아왔다.

"아직이다."

"그렇다면, 기다려라. 계속 지켜보아라. 갚아야 할 피의 빛이 있다. 우리의 구호를 기억하라. '바람이 일고 있다'!"

패러스는 그들에게 말했다.

광산 갱도 안에서는 릭이 메이요의 어깨에 손을 얹었다.

"잠깐만. 무슨 소리를 들은 것 같아."

그는 여자에게 주의를 줬다.

그들은 꼼짝하지 않고 서 있었다. 이윽고 릭은 그 소리를 꽤 선명하게 들을 수 있었다. 벌레가 파놓은 터널의 퀴퀴한 암흑 속 저 뒤편에서 조용히 엎치락뒤치락하는 소리가 들렸다. 수많은 생명체가 달리는 소리였다.

"어쩌지?"

메이요가 물었다.

"계속 가야겠지. 나에겐 미키 한 자루밖에 없는데, 그걸로는 저놈들의 속도를 늦추지도 못할 거야. 지쳤나?"

"난 괜찮아. 놈들에게 잡히면 어떻게 되는 거야?"

"그때 되면 물어봐."

그들은 다시 움직였다. 앞길은 꽤 편했다. 바닥은 매끈했고 방향은 차츰차츰 바뀌었다. 릭은 원래의 땅굴에서 오래전에 벗어났음을 알고 있었다. 이 터널이 얼마나 많은 길로 갈라졌는지는 별들도 모를 것이다. 얼마나 오래

헤맸는지는 알 수 없지만, 아주 오랫동안인 건 확실했다. 그들은 달리 할 일이 없었기에 계속 앞으로 나아갔다.

팔팔한 데다가 냄새를 맡고 쉽게 쫓아오는 유인원들은 시시각각 가까워졌다. 릭은 여자에게서 조금 뒤처졌다.

갑자기 메이요가 목이 졸리는 듯한 소리를 지르더니 털썩 쓰러졌다. 뭔가가 쪼개지는 듯 메마른 소리가 울렸다. 릭은 멈추려다가 발이 걸려서 그대로 엎어졌다.

몸 아래에는 매끈한 톱니 모양의 표면이 있었다. 그 표면은 위쪽으로 갈수록 가늘어지고, 양옆으로는 넓어졌다. 그는 비틀비틀 일어나서 표면을 따라갔고, 메이요도 옆에서 따라왔다. 메이요가 헐떡거렸다.

"터널이 막혔어. 릭, 터널이 막혔어!"

"그래. 여기로 올라와."

그는 장애물 꼭대기로 메이요를 끌어 올린 다음 기어가기 시작했다. 이윽고 그의 머리가 지붕에 부딪혔다. 그는 손을 뻗어 더듬었다. 장애물은 터널 구멍 옆쪽으로 곡선을 그리며 들어가서 구멍을 완전히 틀어막았다.

릭은 거세게 숨을 내쉬었다. 그는 힘을 쭉 빼고 가만히 누워서 심장 소리에 귀를 기울였다. 심장 뛰는 소리가 천둥 같았다. 피부에 맺힌 땀이 차가웠다. 메이요가 숨을 몰아쉬며 그 옆에 누웠다.

뒤쪽에서는 또 다른 소리가 점점 커지며 가까워지고 있었다.

릭은 잠시 후에 몸을 뒤로 밀어서 방향을 돌렸다. 그는 손에 총을 쥐고 앉아서 기다렸다. 몸이 납덩이 같았다. 그는 사슬이 허용하는 한 오른손을 길게 뻗어서 메이요의 가느다란 손을 찾았다.

메이요도 릭의 손가락을 붙잡았는데, 손이 얼음처럼 차가웠다. 그들은 앉아서 빠르게 달려오는 발소리에 귀를 기울였다.

갑자기 조금 큰 소리로 그녀가 물었다.

"이게 뭐야, 릭?"

"모르겠군."

그는 손가락 관절로 매끈한 톱니를 쓸어보았다.

"이런! 그래, 알겠어! 이 터널을 만든 녀석이야. 늙은 벌레 말이야. 여기에서 죽어서 돌이 된 거야."

그는 웃음을 터뜨렸지만, 특별히 재미있어서는 아니었다. 그는 총신으로 그 화석을 두드렸다.

텅 빈 소리가 났다.

릭은 그 화석을 두드리고 또 두드리다가, 메이요가 넘어졌을 때 났던 쪼개지는 소리를 떠올렸다. 그는 무릎을 세우고 일어나서 두 주먹을 쥐고 온 힘을 다해서 아래로 내리쳤다.

이가 튀어나올 정도의 충격이었지만, 덕분에 확실해졌다.

"아, 깨지기 쉬운 건데! 곡괭이나, 큰 망치만 있어도!"

그는 속삭였다.

그리고 다시 한번 날카롭게 웃었다. 그는 무거운 수갑을 최대한 손 아래쪽으로 끌어내리고 그 주위에 쇠사슬을 감은 다음 작업에 착수했다.

드디어 아래에 금이 가기 시작했을 때, 유인원들이 벌레 꼬리를 타고 우글우글 올라오기 시작했다.

메이요가 미키 총을 잡았다. 릭은 계속 아래를 두들겼다. 그들이 화석과 지붕 사이의 틈 속으로 워낙 깊이 들어간 덕분에, 유인원들은 오직 한 방향으로만 다가올 수 있었고 한 번에 여럿이 올 수도 없었다. 메이요는 총을 쥐고 한동안 잘 버텼다. 충격 빔이 앞장선 유인원들을 잠재웠고, 그들의 몸뚱이가 굴러떨어지면서 뒤이어 올라오던 놈들을 넘어뜨렸다. 보이는 게 없는 싸움이었다. 암흑 속에 발소리와 몸 움직이는 소리, 그리고 짐승의 악취가 가득했다. 유인원들은 조용히 움직였다.

릭은 수갑으로 텅 빈 돌을 내리치면서 나는 요란한 소리 때문에 아무것도 듣지 못했다.

"미키가 죽었어, 릭. 배터리가 다 닳았어."

마침내 메이요가 말했다.

"이리 와. 내가 구멍을 냈어. 가장자리를 깰 수 있겠어?"

"어쩌면."

릭의 귀에 그녀가 걷어차고, 때리고, 안간힘을 쓰는 소리가 들렸다. 뭔가가 부러지는 소리가 났다. 유인원의 앞발이 릭의 다리를 잡고 뒤로 끌어당겼다. 그는 팔을 휘둘렀다. 그에게는 손이 아니라, 금속으로 한데 묶인 채로 마비된 덩어리만 있었다. 그 덩어리가 뭔가를 때렸고, 처음으로 비명이 들렸다.

"온다!"

릭은 메이요의 목소리를 들었다.

그는 다시 휘둘렀다. 암흑 속에 몸뚱이들이 가득했다. 릭은 휘두를 때마다 뭔가를 맞혔다. 새로운, 따뜻하고 축축하면서 달콤한 냄새가 났다. 그의 두 팔은 젖어 있었다.

몸뚱이가 너무 많았다. 그 몸뚱이들이 릭을 짓눌렀다. 그는 단단히 붙들릴 때까지 두 팔을 휘두르다가, 그 후에는 발로 걷어찼다. 그의 장화에 맞은 뭔가가 부서지고 떨어져 나갔지만, 그들은 계속 다시 왔다. 곧 그의 두 다리도 붙들렸다. 그는 들썩거리며 몸을 비틀었다. 유인원의 앞발 몇 개가 풀어졌다. 아주 잠깐이지만 그는 거의 벗어났다가 간신히 몇 걸음을 옮기고 다시 쓰러졌다. 멀리서 메이요의 목소리가 울려 퍼졌다.

"릭! 릭, 어서!"

그도 애를 써봤지만, 소용이 없었다. 그러다가 갑자기 폭풍 같은 것이 릭을 짓누르고 있던 덩어리를 후려쳤고, 그를 붙잡은 발들 사이에 틈이 생겼다. 메이요가 소리를 지르며 그를 끌어당겼다.

그는 남아 있는지도 몰랐던 힘까지 다 끌어내어 풀려나려고 몸부림을 쳤다. 메이요가 그의 발을 잡아끌면서 구멍으로 뛰어내렸다. 유인원 하나가 그를 붙잡았다. 그는 쇠사슬로 놈을 후려치고는, 화석이 된 벌레 속으로 떨어졌다. 그 즉시 유인원 둘이 뒤따라 구멍을 통과하려다가 끼고 말았다.

메이요는 릭을 부축해 일으켰고, 그들은 비틀거리며 벌레 속을 걸었다.

그들은 무릎까지 먼지에 파묻혀 있었다. 바깥의 껍질이 단단해지는 동안 내부는 시들고 말라붙어 부스러졌던 것이다. 두 사람 뒤로 일어나는 먼지구름이 유인원들의 속도를 늦췄다. 릭과 메이요는 오직 살아남겠다는 원시적인 날것의 본능에 의지하여, 육체적인 힘을 한참 넘어서고도 계속 움직였다.

그러다 보니 릭은 희미하게 뭔가가 벌어지고 있음을 알아차렸다. 그는 잠긴 목소리로 말했다.

"떨어진다. 진동이……. 갈라지고 있어."

어둠 속은 끔찍했다. 숨 막히는 먼지, 사방에서 쩍쩍 갈라지는 파괴음. 껍질 일부분이 굳은 진흙과 균질해져 있었는데, 보아하니 그것도 무너지는 것 같았다. 광부들은 광맥을 지탱하는 진짜 돌에서 떨어져 나가는 위험한 지층을 언제나 두려워했다.

뒤쪽에서 다시 비명이 올랐다. 메이요가 갑자기 입을 열었다.

"벌레 머리에 도착하고 나면 더 갈 곳이 없을 거야. 단단한 바위뿐이야."

그들의 머리 위로 금이 쩍쩍 갈라졌다. 떨어진 덩어리가 릭의 어깨를 긁었다. 그는 더 빨리 움직이라고 메이요를 밀었다. 피어오르는 먼지가 폐를 틀어막았다. 무시무시한, 참담한, 억눌린 천둥소리가 울려 퍼졌다.

그들의 머리가 느닷없이 천장에 부딪혔다. 그들은 몸을 낮춰 기었다. 공간이 좁혀 들어왔다. 먼지가 짙어졌다. 메이요는 쉰 목소리로 끙끙거렸다. 그때 찢어지는 듯한 소리가 울렸다!

막다른 곳이었다……

며칠 후, 휴 세인트 존은 화성의 무역도시인 카호라에서 제일 높은 건물 위쪽에 자리 잡은 아파트 테라스에 서 있었다. 젊고 섬세한 얼굴은 핼쑥하고 음울했다. 그는 초조하게 가느다란 금성 담배를 피우고 있었다.

카호라는 루와 팰런의 회사와는 행성 반대편이었다. 밤에 있었다. 도시를 뒤덮은, 여러 언어를 쓰는 도시 주민들을 화성의 적나라한 날씨로부터 지켜주는 글래사이트 돔 위 흑자색 하늘을 데이모스가 낮게 달렸다.

저 아래에는 카호라의 길거리가 작은 보석 그물처럼 펼쳐져 있었다. 세인트 존은 도시의 맥동에 귀를 기울였다. 느리고 조용한 울림이었다. 여기에서 계속되는 사업이란 이미 만들고 완료한 일의 무익한 관리 작업, '꿈의 궁전'을 비롯한 나이트클럽에서 나태한 시간을 보내는 부유한 남자들이 더해주는 숫자뿐이었다. 공기조차도 인공이어서, 주의 깊게 정화하고 향을 입혀 일정한 온도로 유지했다.

그는 예전에 금성의 무역도시인 비아에 살았다. 그리 나쁘지 않았다. 금성은 젊은 행성이었고, 역동적이고 활력이 넘쳤다. 글래사이트 돔마저도 바로 바깥에 펼쳐진 뜨거운 정글의 느낌과 무자비하게 쏟아지는 빗발을 막을 수 없었다. 공격적이고 활동적인 세계의 상업적 심장이자 두뇌인 사람들도 바빴다. 금성인들과의 적대관계조차도, 건강한 미움이었다.

여기는 모든 것이 오래되고, 수동적이며, 쇠퇴하고, 낡았다. 침략자인 지구인들에 대한 화성인들의 미움조차도 황량한 어둠 속에서 곪아가는 고요한 감정이었다. 카호라를 관통하여 흐르는 화성 무역의 흐름은 이미 4분의 3은 죽은 노인의 식어가는 피 같았다.

세인트 존의 입매가 쓰게 비틀렸다. 화성에 살아 있는 것이라곤 에드 팰런과 그의 또 다른 자아인 '회사'뿐이었다. 마치 사악한 짐승처럼 살아 있지. 굶주리고, 독자적이며, 치명적인 짐승.

이윽고 문 앞에 서 있던 로봇 하인이 세인트 존이 기다리던 남자를 인식하고 안으로 들였다. 세인트 존이 소리쳤다.

"맥. 맥, 뭔가 찾았나?"

에란 맥은 고개를 저었다. 그는 화성인이었다. 재카라 너머에서 온 낮은 운하 지대의 주민으로, 딱 그렇게 생겼다. 문명화된 노상강도랄까. 맥과 같은 사람들의 수상쩍은 얼굴은 화성의 역사만큼이나 오래 거슬러 올라갔다.

그는 작고, 억세면서도 강단 있는 몸에, 가늘고 어두운 얼굴에는 우호적인 미소를 띠었고, 눈동자는 뜨거운 황금 방울과도 같았다. 왼쪽 귀에는 작은 종을 다발로 달았고, 무역도시 특유의 세련된 하얀색 튜닉을 입으니 악마 같아 보였다.

그는 조용히 말했다.

"유감이지만 희망이 별로 없어, 휴. 겨우 크리스티와 접촉하긴 했지. 그놈들이 메이요에 대해 알아낸 후로 그자는 겁먹고 새파랗게 질렸어. 메이요와 릭이라는 친구가 버려진 갱도로 무사히 달아나긴 했지만, 그 후에 어떻게 됐는지는 아무도 몰라. 크리스티는 그놈들이 검은 유인원들을 뒤쫓게 보냈다는데, 살아 돌아온 놈이 몇 안 된다는군. 몇 놈은 엉망이었다고, 팔이며 뭐며 뭉개진 게 터널 함몰에 휩쓸린 것 같더라나. 그러니까 내가 보기엔 둘 다 끝났어."

맥은 군살 없는 어깨를 들어 올렸다. 세인트 존은 시선을 돌렸다.

"그 여자를 사랑했나, 휴?"

에란 맥은 감히 그런 질문을 던질 수 있는 몇 안 되는 사람 중 하나였다. 그는 세인트 존의 절친한 친구였다.

"모르겠어. 사랑했다면 거기로 보냈을 것 같지 않아.

그렇지만 메이요가 잡혔다는 걸 알고 메이요의 무전기가 갑자기 송신을 멈췄을 때, 심장이 얼어붙는 기분이었어."

그는 갑자기 몸을 떨었다.

"맥, 메이요가 죽었다면, 내가 죽인 셈이야!"

"메이요는 자기가 뭘 하는지 알고 있었어."

맥이 친구를 달랬다.

세인트 존은 다시 한번 몸을 떨었다. 그는 주저앉아 두 손에 얼굴을 묻었다.

테라스를 가로질러 맥도 앉았다. 그가 움직일 때마다 작은 종이 희미하게 짤랑거렸다. 그는 조용히 담배를 한 대 피우다가 얼굴을 찌푸렸다.

"이번 일로 팰런은 끔찍하게 의심이 많아질 거야."

세인트 존은 긴 한숨을 내쉬었다.

"맞아. 흠, 내가 최대한 시간을 끌긴 할 거야. 어쨌든 지난번에 보내준 돈도 현금화했지! 그 쥐새끼의 돈이 없다면 우리가 얼마나 계속 일할 수 있을지 모르겠군."

그는 벌떡 일어섰다.

"그건 상관없을지도 몰라. 폭풍이 끓어오르고 있어, 휴. 끝내주게 크고 요란한 폭풍이지. 아직은 숨어 있지만, 여기저기에서 회오리를 경고하는 산들바람이 불고 있어. 이 폭풍이 우리 모두를 화성에서 날려버릴지도 몰라."

"그렇다면 이 세계가 살아날 마지막 기회도 사라지겠지. 난 실패했어, 맥. 내 모든 계획은 시작부터 어리석은 바보 같은 꿈이었어."

세인트 존은 테라스 난간을 움켜쥐고, 보석 같은 도시 내려다보았다.

"저들이 허용만 한다면 우리가 뭘 줄 수 있을지 생각해 봐, 맥! 그 힘, 새로운 아이디어, 이동을 위한 새로운 길! 하지만 저들은 허락하지 않겠지. 저들은 우리 면전에서 문을 닫아버렸고, 화성 행성 정부가 우리를 우주공간으로 걷어차버리지 않는 건 오로지 지구나 금성과 대놓고 분쟁을 벌이기 싫어서일 뿐이야."

"오직 에드 팰런만이 성공했지. 몇 년만 있으면 그놈이 화성을 집어삼킬 거야. 그놈이 발견한 그 저주받을 광물 때문에! 돈이 정부의 귓가에서 내는 소음이 어찌나 큰지, 사람들이 아무리 고함을 쳐도 허리케인 속에서 휘파람 부는 꼴이나 다름없어. 그리고 어느 쪽으로 가든 화성은 죽은 셈이지."

그는 손으로 난간을 세게 내리치고 나서 서성이기 시작했다.

"팰런을 없앨 유일한 기회는 메이요가 팰런과 스톰이 하는 짓의 증거를 손에 넣기 전에 잡히면서 실패로 돌아갔어. 그 증거만 있었다면 내가 태양계 연합에 갈 수 있었을 거야. 노동위원회에서 수사에 들어갔을 테고. 하지만 이젠 너무 늦었어!"

그는 다시 주저앉았다.

에란 맥은 손가락 끝으로 작은 종을 울렸다. 세인트 존은 자문자답했다.

"내가 무슨 생각하는지 알아? 난 이 일이 자네나 나, 아니면 우리 중 누구보다도 더 큰 사람을 필요로 한다고 생각해. 화성을 통합하려면 고래같이 큰 사람이 필요해. 제카라부터 극지대까지, 작은 도시 껍질 안에 틀어박히고 먼지 구덩이에 앉아서 추억이나 끌어안은 우리 같은 부스러기들을 모두 통합하려면 말이야. 그런 골리앗을 찾아낼 수만 있다면 아직 기회가 있을지도 몰라."

"차라리 포보스더러 자네 귀에 달린 종 위에서 균형을 잡으라고 하지그래."

세인트 존은 등을 기대고 눈을 감았다. 형언할 수 없이 지치고 비통한 얼굴이었다.

그는 희미한 미소를 머금고 덧붙였다.

"게다가 우리가 골리앗을 찾아낸다면 또 누군가는 골리앗을 해치울 다윗을 찾아낼걸."

5

신선한 공기가 들어왔다. 통증이 느껴졌다. 어둠에 초록색 불빛이 스며들었다. 릭은 몸을 뒤척였다.

그는 한참 후에야 손발을 대고 엎드려서 먼지 속에서 기침했다. 1미터쯤 뒤에 단단한 덩어리가 벽처럼 버티고 있었다. 그 앞에 어둠을 우둘투둘 찢은 틈으로 달빛이 새어 들어왔다.

달빛 속에서 그는 돌처럼 움직임 없이 새하얀 메이요의 얼굴을 보았다.

목에 손을 대보았더니 따뜻했다. 맥박도 뛰었다. 그 사실에 릭은 기쁘고 마음이 놓였다.

그는 메이요에게 말을 걸었다. 그녀는 희미하게 신음

하기만 했다.

릭은 그 옆을 지나쳐 기어가서 앞을 막고 있는 덩어리를 밀었다. 썩어 있었고, 동굴이 무너질 때 이미 반쯤은 떨어져 나간 상태였다. 곧 빠져나갈 만한 구멍이 생겼다.

그러고 보니 이 벌레의 화석 머리통은 왜 나머지 몸과 마찬가지로 무너지지 않았을까. 달빛이 충분히 쏟아져 들어오니 이제 그들이 얼마나 아슬아슬하게 죽음에서 비껴갔는지 보였다. 그는 얼굴에 닿을 듯한 위쪽 표면을 보았다.

그러다가 그는 이해했다. 벌레가 굴을 파는 부위는 드릴 끄트머리처럼 장갑판에 감싸여 있었고, 아직도 화강암으로 만든 아치처럼 튼튼했다.

릭은 그 부분을 토닥이며 미소 지었다. 그런 다음에는 다시 뒷걸음질로 기어가서, 메이요의 축 늘어진 몸뚱이를 끌고 밖으로 나갔다.

나가서 보니 무너져 내리는 절벽의 높은 곳이었다. 벌레는 수면에서 60센티미터도 떨어지지 않은 곳에 머리를 두고 죽었다. 수면이라고는 해도 지금은 그곳에 물이 없었다. 목적 없이 부는 외로운 바람과, 흔들리는 두 달 아래를 질주하는 그림자들의 미로, 그리고 죽은 땅이 풍기는 차갑고 건조한 냄새뿐이었다.

절벽 발치로 떨어지는 비탈에는 회록색 이끼가 덮였고, 그 뒤로는 사막이 시작되었다. 사막은 릭의 눈길이 닿는 곳 끝까지 펼쳐졌다. 새하얗게 빛바랜 모래가 바람과 달그림자 아래를 파도처럼 출렁였다.

그 사막을 건너 저 멀리에, 도시가 하나 있었다.

그 도시는 메마른 해저 바닥에 누워, 고통스럽게 기도하는 듯한 자세로 대리석 첨탑을 하늘로 밀어 올리고 있었다. 릭이 바라보는 동안에도 그 도시는 휘날리는 먼지 베일에 가려져 부서지는 꿈처럼 깜박거렸다.

풍경 전체를 통틀어서 인간이 존재할 법한 가능성이나마 있는 곳은 그곳뿐이었다. 릭은 뻣뻣하게 일어섰다. 온몸이 아팠지만, 움직일 수는 있었다. 그는 의식이 없는 여자를 끌고서, 반쯤은 떨어지고 반쯤은 미끄러지며 절벽을 내려갔다. 수갑에 달린 쇠사슬이 바위에 부딪혀 요란한 소리를 냈다.

그는 메이요를 품에 안아 들었다. 달빛을 받은 그녀의 목과 팔은 거품처럼 희었고, 숱 많은 머리카락이 릭의 피부 위로 새까맣게 쏟아졌다. 두 사람 다 반쯤 헐벗었고, 먼지투성이였으며, 피에 얼룩져 있었다.

그는 끈기 있게 한 발, 또 한 발 내디디며 모래 위를 걸었다. 흔들리는 쇠사슬에서는 깨진 종 같은 소리가 울렸다.

릭이 도시에 가까워졌을 때, 날개가 달린 작은 사람들이 나타났다. 릭은 그들에 대한 전설을 들은 기억이 났다. 화성 유인원과 마찬가지로 이들 역시 진화의 최종 산물로, 믿을 수 없을 만큼 오래된 종족의 잔재였다. 한때는 강력했으나, 이제는 모래에 잠긴 텅 빈 도시들에 겨우 한 줌 남아 잊힌 존재였다. 과거 한때는 푸른 바다에 뜬 섬 왕국이었던 도시 말이다.

날개 달린 이들은 하얀 탑에서 튀어나와, 질주하는 작은 위성 앞을 가로질렀다. 그들은 가벼우면서도 뭐라 설명할 수 없이 아름다웠고, 그들의 날개는 먼지 낀 오팔처럼 부드럽고 비밀스러운 불빛을 희미하게 발했다. 그들은 둥글게 모이더니, 끈덕지게 걸어가는 릭을 따라갔다. 그들은 아무 소리도 내지 않고 커다란 꽃잎처럼 바람 위에 흔들렸다. 릭은 희미하게 형광 빛을 발하는 그들의 눈을 볼 수 있었다.

이윽고 릭 앞에 나타난 대리석 벽이 그를 멈춰 세웠다.

그는 메이요를 모래 위에 조심스럽게 내려놓고 몸을 돌렸다. 특별히 어쩌겠다는 생각은 없었다. 섬세한 생명체들이 모래 위로 펄럭이며 내려왔다. 몸은 인간이었는데, 호리호리하고 우아하게 생겨서 짧은 치마만 입었다.

남자도 있고 여자도 있었다. 피부는 새와 비슷하게 곱고 매끄러운 털로 뒤덮였고, 키는 1.2미터를 넘지 않았다.

남자 하나가 가까이 내려섰다. 그 작고 잘생긴 얼굴에는 우호적인 감정도, 적대감도 없었다.

"당신이 릭이군."

그는 맑고 부드러운 목소리로 말했다. 그러더니 벨트에서 연필 같은 튜브를 휙 낚아채어 쏘았다.

릭은 캄캄한 어둠 속으로 떨어졌다. 의식에 남은 마지막 장면은 튜브를 든 남자가 아니라, 녹색이 감도는 달빛 속에서 '사모트라케의 니케'(그리스 사모트라케섬에 남아 있던 유명한 승리의 여신 조각상을 가리킨다—옮긴이) 같은 자세를 하고서 크고 고요한 눈으로 그를 지켜보던 작은 여자였다.

무엇보다도 기억에 남은 것은 그 눈이었다…….

그는 비단과 모피 더미 위에 편안하게 누워 있었다. 쉬고 나니 몸이 살짝 뻣뻣해지긴 했지만 아프지는 않았다. 두 손에는 아직 수갑이 채워져 있었다.

이전에 본 작은 여자가 옆에 앉아 있었는데, 가느다란 몸이 벽 높은 곳에 난 거대한 아치형 창문으로 쏟아져 들어오는 햇빛을 받아 새로 만든 황금 조각처럼 반짝였다.

릭은 한 번 더 쳐다보고 바로 그 여자가 겨우 소녀에서 벗어났을 나이이며, 막 어린 시절의 문턱을 지나 피어나는 아름다움을 갖추고 있음을 알았다. 릭의 벗은 가슴 위에 놓인 소녀의 손은 작고 따듯했다.

"당신이 살아 있는지 확인하고 있었어요. 강인한 생명이네요."

릭은 웃으며 일어나 앉았다.

"네 이름은 뭐지?"

"키라."

그는 진지하게 키라의 손을 잡고 흔들었다. 인형 손 같았다.

가까이 있던 누군가가 뒤척이며 하품했다.

"당신 짝이 깨어났어요."

키라가 말했다. 순수한 고급 화성어였고, 릭이 이해하기에는 조금 어려웠다.

"짝이라고?"

그는 고개를 저었다.

"아니야. 그냥 같이 죽을 뻔했던 멋쟁이지."

그는 몸을 일으켰다. 메이요는 밝은 천과 모피 더미 위에 앉아 있다가 미소를 지었다.

"안녕, 릭. 대체 우리가 어디에 있고, 어떻게 여기까지

온 거야?"

그녀는 키라를 빤히 쳐다보았다. 릭은 메이요에게 아는 대로 대답했다.

키라가 설명을 덧붙였다.

"이 도시의 이름은 케어 히브라. 우리는 세상이 생긴 후로 줄곧 여기에 살았어요. 예전에는 우리가 많이 있었죠."

릭은 주위를 둘러보았다. 그들은 널찍한 테라스 같은 곳에 있었는데, 릭이 이름도 알지 못하는 색색깔의 돌이 아름답게 아로새겨져 있었다. 기묘하게 시작도 끝도 없이 무한한 느낌을 줘서, 누구든 너무 오래 쳐다보면 머리가 이상해질 만한 패턴이었다. 머리 위에는 줄무늬가 있는 대리석으로 만든 완벽한 아치형의 지붕이 솟아올랐다.

거대한 창문 하나만 눈에 띄었다. 벽에 얕게 돋을새김이 된 조각은 살아 숨 쉬는 듯한 생동감이 있었다. 조각에는 키라처럼 생긴 남자와 여자가 보였는데, 다만 그 크기는 릭과 메이요와 비슷했다. 그림 속에는 나무도 있었고, 새와 짐승과 한때는 배가 떠다니던 바다도 있었다.

릭은 또한 조각이 들어간 낮은 난간과 그 난간의 중심에 있는 계단도 보았다. 군대가 행진해도 될 만큼 넓었는데, 위풍당당하게 내려가다가 푸른 그림자와…… 모래밭으로 이어졌다!

모래는 아래에 있는 거대한 홀을 채우고 조각된 인물의 허리를 휘감았으며, 여기저기 더 낮게 놓인 조각에서는 힘없이 애원하는 손이나 반쯤 질식한 머리통만 남겨 놓았다. 높은 창문으로도 모래가 기어 올라서 계단에 찰랑거렸다.

릭은 그 독특한 바스락거림을 알아차렸다. 숨 쉬는 거인의 숨소리 같았다. 사막이 바깥 벽을 문지르는 소리였다. 키라가 말했다.

"이 아래로 수많은 층이 있어요. 내 아버지가 어린 시절 여기서 놀 때는 모래가 없었대요."

키라는 창문을 올려다보았다. 솜털 같은 깃털 하나가 날아 들어와서 천천히 테라스에 내려앉았다. 릭은 몸서리를 쳤다.

그는 곧 자신과 메이요 둘 다 누군가가 씻기고 연고를 발라주었음을 깨달았다. 키라는 육중한 청동 문 옆 테이블에 놓여 있던 음식을 가져와서 두 사람 앞에 놓았다. 두 사람은 먹었다.

릭이 물었다.

"키라, 대체 어떻게 된 거지? 어떤 남자가 날 쏜 기억이

나. 그자는 어떻게 내 이름을 안 거야?"

키라가 설명하자 릭의 얼굴이 굳었다. 그가 말했다.

"피의 빚이라니! 젠장. 놈들이 나를 제물로 바칠 생각이라면, 틀렸어!"

"해 질 녘이면 내 동족들이 당신을 루로 데려가려고 올 거예요."

키라의 빛나는 눈에 눈물 같은 것이 어른거렸다. 그녀는 속삭였다.

"당신을 죽일 거예요. 너무나 강인한 생명인데!"

키라는 갑자기 작은 손을 릭에게 뻗더니 그의 두 손을 잡았다.

"난 그자들이 하는 이야기를 들었어. 난 그 예언을 알아. 당신의 그림자가 화성에 드리운다는 예언. 저들은 당신을 미워하고 두려워해."

그다음에 이어진 말은 눈물과 열망에 가로막혀 제대로 나오지 않고, 앞뒤 없이 홍수처럼 쏟아졌다.

"난 당신이 화성에 죽음이 아니라 삶을 가져올 거라고 생각해요. 당신 안에는 생명이, 넘치는 생명이 있고 우린 죽어가고 있어요. 저들에게 죽지 말아요, 릭!"

릭은 미소 지으며 키라의 깃털 같은 부드러운 털을 쓰다듬었다.

"네 동족들이 들으면 좋아하지 않겠는데. 그놈들이 네가 여기 있는 걸 알아?"

"아니오. 아, 릭!"

키라가 릭을 올려다보았다. 그는 허리를 굽히고 소녀의 떨리는 작은 입술에 입을 맞췄다. 그러자 갑자기 키라가 물러났다. 처음으로 수줍은 모습을 보였다. 키라는 날개를 펼치고 빛기둥 속으로 날아올라 사라졌다.

릭은 무력하게 주저앉아서 메이요를 쳐다보았다. 그녀의 갈색 눈에도 눈물이 고여 있었다.

릭은 조용히 말했다.

"그래. 그렇겠지!"

"릭, 난 이해가 가지 않아. 무슨 예언인데?"

그는 예언자에 대해 이야기했다.

"그 여자를 죽일 생각은 없었어! 하지만 날 미치게 만들었단 말이야. 게다가 날 칼로 찌르려고 했고."

그는 고개를 젖혀서 반쯤 나은 목의 상처를 메이요에게 보여주었다.

메이요는 아무 말도 하지 않았다. 그녀가 어찌나 강렬하면서도 아득한 눈으로 바라보는지, 곧 릭이 안절부절 못할 지경이었다.

꼭 그 눈빛 때문에 불안한 것은 아니었다. 메이요의 머리카락이 햇빛을 받아 불타고 있었고, 피부는 새벽에 내린 금성의 안개처럼 관능적인 온기를 뿜어내며 반짝이는 진주 같았기 때문이었다. 릭의 뺨 근육이 씰룩이기 시작했다.

메이요가 일어나더니 그의 두 팔에 손을 얹고 그를 관찰했다.

"그 늙은 여자가 옳았어. 키라도 옳았고. 당신 안에는 힘이 있어, 릭. 잠들어 있긴 해도 그 안에 있어. 당신은 그 생명력으로 별로 한 게 없어. 그렇지?"

"대체로 즐겼지."

"하지만 아무것도 만들지 않았지. 어디로도 가지 않았고. 릭, 혹시 그 예언에 의미가 있을지 모른다는 생각은 해봤어?"

릭은 웃음을 터뜨렸다.

"내가 빛나는 구원자로 참 괜찮아 보이겠군!"

"나는……."

메이요는 조용히 말했다.

"나는 당신이 아주 괜찮아 보일 수 있다고 생각해."

릭은 한참이나 꼼짝하지도 않고, 숨도 쉬지 않았다. 그러다가 메이요를 품에 안고 입맞췄다. 그들은 잠시 후에 떨어졌다. 메이요가 말했다.

"릭, 우린 대화해야 해. 시간이 많지 않은데, 뭔가를 해야 한다고!"

"할 일 같은 건 없어, 아가씨. 어쩌면 나중에 쉴 시간이 있을지 모르지. 하지만 당장은, 그 아이처럼 우리에게 날개가 돋지 않는 한 기다리는 수밖에 없어. 어쨌든 저놈들도 당신에겐 아무 악감정이 없어. 당신은 위험하지 않아."

"그런 말 하지 마!"

메이요는 누워 있던 하얀 모피에서 몸을 움직였다.

"잘 들어, 릭. 그 터널 안에서 당신은 팰런과 그놈의 깡패들을 화성에서 몰아내고 싶다고 했어."

릭은 고개를 끄덕였다. 고양이 같은 두 눈이 불타올랐다. 메이요가 물었다.

"그렇다면 우리에게 합류하겠어? 휴 세인트 존과 나에게?"

메이요는 이어 말했다.

"릭, 내가 단언하는데 통합이야말로 화성에 유일한 희망이야. 당신이 그걸 해낼 수 있는 사람일지도 몰라. 그 늙은 여자는 평범한 점쟁이나 히스테리 환자처럼 말하지 않았어. 이치에 닿는 말을 했지. 부채꼴로 펼쳐지는 미래라는 개념은 지구에서도 기본적인 거야. 많은 과학자가 견실한 이론으로 받아들이고 있다고."

메이요는 얼굴이 상기되어 흥분에 몸을 떨면서 일어나 앉더니, 아플 만큼 릭의 팔을 움켜쥐었다.

"당신의 미래를 붙잡아, 릭! 그 미래를 빚어내고 쌓아 올려서 사람들에게 말할 혀가 있는 한 언제까지나 기억할 만한 위대하고 비범한 업적으로 만들어!"

릭은 그녀를 응시했다. 그녀를 관통하여 그 너머를 보았다. 그리고 떨기 시작했다.

그는 벌떡 일어나서 상감 테라스 안을 걸어다녔다.

그리고 속삭였다.

"내 그림자라. 화성에 내 그림자를 드리운다고."

메이요는 그 모습을 지켜보면서 서서히 몸을 바로 세웠다. 그 얼굴에 묘한 표정이 깃들었다. 희미한, 불확실한 두려움이었다.

릭은 중얼거렸다.

"안 될 것 있나? 팰런, 세인트존, 스톰 같은 놈들도 있는데…… 왜 나라고 안 되겠어? 내 미래를 붙잡는 거야. 암, 내 미래를, 그리고 세상을 말이지. 온 세상이 누군가가 주워주기만 기다리고 있어. 어떤 놈의 손이 움켜쥐겠지. 그게 나라고 안 될 것 있나!"

정적이 내려앉았고, 둥근 대리석 천장은 아직도 메아

리를 울리고 있었다.

"릭!"

메이요가 속삭였다.

릭은 그녀를 보는 듯 마는 듯하더니, 천천히 말했다.

"내가 누군지 알아? 리처드 건 어크하트야."

그는 그 이름에 어마어마하게 신비로운 의미라도 있다는 듯이 발음했다.

"이전에는 한 번도 깨닫지 못했어. 난 내가 살아 있다는 사실도 제대로 몰랐던 것 같아."

그는 고개를 뒤로 젖히고 웃음을 터뜨렸다.

정적, 그리고 울려 퍼지는 메아리. 창문으로 새어드는 시든 햇빛. 모피와 찬란한 비단 더미 위에 앉아서 꼼짝도 하지 않는 메이요.

릭은 그녀 곁에 무릎을 꿇고 그녀를 끌어안았다.

"우린 같이 올라갈 거야. 당신이 내게 필요한 여자야. 강인한 여자, 칼처럼 내 옆을 달릴 여자. 같이 가는 거야, 메이요! 내가 당신 목에 화성을 걸어줄게!"

그는 메이요에게 입맞췄다. 그녀의 입술은 차갑고 무반응이었으며 씁쓸함이 감돌았다. 눈물의 맛이었다.

그는 갑자기 오한을 느끼며 물러났다.

"무슨 일이야?"

그녀는 그를 올려다보았다. 눈물이 넘쳐서 뺨을 타고 흘러내렸다. 사위어가는 햇빛을 받아 흐릿하게 반짝였다. 그녀는 울고 있지 않았다. 울기에는 너무 깊은 감정이 그 안에 도사리고 있었다.

"사랑해, 릭."

메이요가 말했다.

"물론이지. 나도 사랑해."

"아니야. 당신의 내면엔 사랑이 없어, 릭. 내가 말하는 것 같은 사랑은 없어. 당신의 일부가 깨어났어. 그 늙은 여자가 보고 두려워했던, 잠들어 있던 힘이 깨어났어. 하지만 그 힘에는 영혼이 없어."

릭은 눈을 가늘게 떴다.

"무슨 소릴 하는 거야?"

"난 당신이 우리에게 필요했던 그 사람이라고 생각했어. 키라 말대로 말이야. 죽어가는 세계에 생명을 가져올 강인한 남자라고. 하지만 당신은 우리가 무슨 말을 하는지조차 몰라. 당신은 죽음을 가져와, 릭. 당신이 산다면, 죽음과 파괴를 가져올 거야."

그는 천천히 그녀를 놓아주고 일어섰다.

"이해가 안 가는군. 내가 화성을 가졌으면 좋겠다며. 그러지 않았어?"

"난 당신이 화성을 구해주길 바랐어. 건설하고, 복구하고, 창조하기를."

"내가 안 그러겠다고 했나?"

"그러면, 그렇게 할 거야?"

릭은 메이요와 눈을 마주쳤다가, 짜증스럽게 시선을 돌렸다.

"젠장! 시간을 좀 줘! 아직 제대로 생각도 못 해봤다고."

"휴에게, 휴가 꿈꾸던 일을 해볼 기회를 줄 거야?"

그는 흉포하고 추한 표정으로 그녀를 돌아보았다.

"잘 들어, 메이요. 난 누구의 목줄에도 매인 적이 없어. 난 어떤 약속도, 어떤 추측도 안 해. 뭐가 됐든 어떻게 될지 알지도 못해. 하지만 뭘 만들든 간에 내 방식으로, 내 계획대로 만들 거야."

그는 맹렬하게 맹세했다.

"빌어먹을! 난 이게 어떤 기회인지 처음 알았어. 평생 저 높은 데 있는 놈들의 장화에 짓밟히며 살다가, 다른 누구보다도 조금 더 높은 곳에 도달할지도 모를 방법이 보인다고. 그런데 그러자마자 당신이 내 손을 묶고, 내 앞에서 문을 닫으려고 해!"

그는 난간 쪽으로 가서 험상궂은 얼굴로 아래에 있는

모래밭을 노려보았다. 그러다가 다시 돌아갔다.

"좋아, 당신에겐 정직해지지. 이 모든 게 새롭긴 하지만, 그 늙은 여자가 말한 후로 줄곧 마음속 어딘가에서는 그 생각을 했던 것 같아. 하지만 난 화성에 대해서든, 화성인에 대해서든, 휴 세인트 존에 대해서든 신경 쓰지 않아. 리처드 어크하트에게 신경 쓰지. 그래서 다행이잖아. 다른 누구도 나에게 신경 쓰지 않고 신경 쓴 적도 없으니 말이야. 난 두 가지를 원해. 스톰과 팰런에게 빚을 갚는 것, 그리고 다른 누구도 감당할 수 없는 세상에서 내가 뭘 해낼 수 있는지 알아보는 것. 이해했어?"

메이요는 고개를 끄덕였다.

"그래, 릭. 알았어."

그는 조용히 그녀를 바라보다가, 소리내어 웃었다.

"며칠 안에 죽을지도 모르는데 이게 다 무슨 말다툼이람!"

그는 그녀 옆에 털썩 주저앉았다.

"이봐, 메이요. 우린 서로를 찾아냈어. 우린 언제나 서로에게 속할 거야. 우리가 헤쳐나온 것 같은 일을 겪은 두 사람은 어딘가가 한데 붙어버릴 수밖에 없거든. 하지만 우리에겐 그 이상의 뭔가가 있어. 우린 아직 서로를 잘 모르고, 서로 의견이 다른 부분도 많아. 하지만 어떻게든, 어딘가에서는 서로 맞는단 말이야. 그게 중요해. 난 다른 누구에 대해서도 그렇게 느낀 적이 없어. 마치 내 일부분이 빠져 있다가 갑자기 제자리로 돌아온 것 같아."

릭은 우습고도 놀라운 감정을 담아서 메이요를 바라보았다.

"이봐! 내가 굳이 설명씩이나 하는 여자는 당신이 처음인 거 알아? 몇 분 전까지는 남자든 여자든 다른 누구도 이빨도 못 들이밀었다고!"

메이요는 웃음을 터뜨렸다. 흔들린 감정이 드러나는 웃음이었다가, 끝에 가서는 흐느낌이 되었다. 그녀는 그를 끌어안았다.

"당신은 그냥 어린애야, 릭. 절대로 자라지 않지."

그녀는 그의 머리를 끌어당기고 속삭였다.

"어쩌면 거기 어딘가에 영혼이 있을지도 몰라. 사랑으로 깨워주기만 하면 될지도 몰라."

두 사람의 입술이 맞닿았다. 그런데 그때, 그 어두운 정적 속에서 놋쇠 문이 요란한 소리를 내며 열렸다.

6

 저 위에서 질주하는 작은 위성들은 별이 수놓인 하늘에 비해 너무나, 무서울 정도로 가까워 보였다. 칼날처럼 살을 에는 바람이 불었다. 릭은 넓적한 끈으로 만든 요람에 움직임 없이 누워서, 위쪽으로 이어진 네 가닥의 튼튼한 밧줄 끝에서 밤하늘을 때리는 네 쌍의 날개를 지켜보았다.

 오른쪽에는 메이요 맥콜이 비슷한 요람에 누워서, 똑같이 케어 히브라의 작은 사람 네 명에게 실려 가고 있었다.

 까마득히 아래에서는 화성의 풍경이 고요히 흘러갔다. 쉼 없는 바람과 그림자 아래로 끝없이 흐르는 모래땅, 헤아릴 수 없는 세월의 발에 짓밟힌 산봉우리의 연쇄, 그리고 말라붙은 황량한 해저 바다. 여기저기에 남은 대리석 도시가 달빛 아래 반짝이는 모습이 마치 뒤엉킨 덩굴과 초목에 반쯤 가려진 죽은 여인의 얼굴 같았다.

얼마 안 가서 릭은 저 멀리로 뻗어 나가는 테라 개발 회사의 광휘를 보았다. 날개 달린 사람들이 긴 호선을 그리며 아래로 떨어지기 시작했고, 곧 루의 탑이 밤하늘에 어둡게 솟아올랐다.

들쭉날쭉한 돌 손가락들이 그들을 움켜잡으려는 듯 솟구쳤다. 릭은 심장이 목구멍을 때리는 기분이었다. 흐릿한 빛과 그림자가 명멸하듯 지나쳐 가고, 괴물 조각상이 그의 살을 스쳤다. 그러다가 가벼운 충격이 느껴지더니 그는 넓은 테라스에 누워 있었다. 메이요도 멀지 않은 곳에 있었다. 어둠 속에는 킬트를 입은 전사들이 칼을 뽑아 들고 서 있었다. 케어 히브라의 남자들은 날개를 접고, 굴종이 아니라 존중을 뜻하는 편하고 우아한 태도로 고개를 숙였다.

그들이 고개 숙인 상대는 군살 없는 근육질이었는데, 평범한 병사가 입는 낡은 가죽 멜빵을 걸치고 있었다. 늑대 같은 얼굴에, 달빛을 받아 눈부신 초록색 화염을 발하는 눈을 지녔다.

"저들의 발을 풀어줘라."

그 남자가 말했다.

그는 메이요의 얼굴이 빨개질 정도로 찬찬히 바라보더니, 릭에게 시선을 돌렸다. 릭이 쇠사슬이 걸린 두 손을 앞에 모아 쥐고 일어서는 모습을 지켜보았다.

릭은 말없이 기다렸다. 그의 눈에는 사로잡힌 호랑이와 마찬가지로 초연하면서도 치명적인 빛이 감돌았다.

한참이 지나자 여윈 남자가 조용한 웃음소리를 내며 고개를 끄덕였다. 그는 동등한 상대를 대하듯이 말했다.

"나는 뷰다흐라고 하네. 내 주인께서 기다리셔."

그는 케어 히브라에서 온 남자들에게 격식 있게 인사하더니, 앞서가라고 손짓했다.

경비병들이 가까이 다가섰다. 메이요는 릭에게 바싹 붙었다. 그녀의 두 손은 묶여 있었지만, 두 사람의 팔꿈치가 닿았다.

그들은 뷰다흐를 따라 탑으로 들어갔다. 아무도 소리 없는 나방의 날개를 타고 달빛을 미끄러져 내려가는 그림자를 알아차리지 못했다. 안으로 밀고 들어간 작은 그림자는 무거운 어둠 속에 몸을 가리고는 벌벌 떨면서 돌가고일에 달라붙었다.

한참 아래, 사람 없는 루의 길거리에서는 한 남자가 쉼 없이 걷고 있었다. 검은 옷을 입은 거대한 남자로, 장화 바닥은 고르지 않은 리듬으로 닳아빠진 돌을 두드렸다. 그는 혼자 걸었다. 잠긴 셔터 뒤에서 여러 사람이 그를 지켜보았지만, 아무도 건드리려고는 하지 않았다. 군살 없는 허리에서 쌍둥이 권총 끝이 반짝였다. 그의 걸음에는 방향이 없었고, 표정은 이상하게 초연했다.

그는 느닷없이 멈춰 섰다. 천천히 고개를 들어 올리더니, 의문스러운 걸 발견한 사냥개처럼 선 자리에서 살짝 몸을 돌렸다.

그의 새까만 눈이 왕도의 탑들을 올려다보았다. 쌍둥이 위성의 달빛이 그 눈동자에 닿아 번쩍이는 녹색 불을 피웠다. 그러더니 그는 미소 지으며 잽싸게 도시 성벽을 향해 움직였다…….

알현실에서는 청동 셔터를 내린 창문들 뒤에 사치스럽게 피워놓은 횃불 빛이 활활 타오르고 있었다. 조각이 들어간 둥근 천장 아래 연기가 푸른 실안개처럼 퍼졌다. 그 안개 속에서 빛바랜 깃발과 변색한 방패가 흔들리는 불빛을 받아 칙칙한 진홍색, 자주색, 금색 광채를 발했다.

피처럼 붉은 테이블 주위에 열두 남자가 둘러앉았다. 루에 충성하는 열두 개의 주요 도시국가에서 온 전쟁 지도자들이었다. 소년 왕 하랄이 높은 옥좌에 앉았고, 우울하고 지친 그의 어머니는 왼쪽에 앉아서 맹렬한 분노를 품고 모두를 바라보았다.

뷰다흐가 손님들과 경비병들 그리고 포로들을 데리고 들어갔을 때 알현실은 조용했다. 그러나 그들의 오만하고 음침한 얼굴을 본 릭은 방금 소란이 있었음을 알아차렸다. 다들 성질도 급하고, 그 성질에 걸맞은 말버릇을 갖췄으리라. 여기에는 질투가, 우위를 점하려는 다툼이 있었다. 그들은 화성의 전투를 생각하기 전에 서로의 우열을 두고 싸웠다.

뷰다흐는 하랄의 오른쪽 자리에 섰다. 케어 히브라에서 온 사람들이 인사를 하고 테이블로 이동했다. 경비병들도 뒤쪽 어딘가로 물러나고, 릭과 메이요는 옥좌 앞에 둘만 남겨졌다.

하랄의 발치에 가까운 밀도 높은 그림자 속에서, 똬리를 튼 뱀이 내는 것 같은 빠르고 거친 한숨 소리가 새어 나왔다. 난쟁이 를로가 미소 지으며 횃불 빛 속으로 걸어 나왔다.

릭은 메이요와 팔꿈치를 맞댄 채, 꼿꼿하고도 느긋한 자세로 그들 모두를 마주했다. 그의 딱딱한 얼굴에는 감정이 없었지만, 속으로는 긴장했다.

"네가 왜 여기에 있는지 아는가?"

하랄이 물었다.

"알지."

릭의 답을 듣고 소년 왕은 일어서더니, 흥분에 몸을 떨면서 외쳤다.

"그대들! 그대들, 화성의 전사들이여! 여기에 예언의 지구인이 있다. 이자 하나를 통해서 침략자들이 우리 세계를 지배할 수 있다."

하랄은 손을 펼쳤다. 극적인 몸짓이었다. 우스꽝스러울 수도 있었으나, 그렇지 않았다. 그 소년에게는 강렬하게 타오르는 위엄이 있었다. 릭은 마지못해 감탄하며 혼자 고개를 끄덕였다.

하랄의 목소리는 은제 트럼펫처럼 울려 퍼졌다.

"이자를 보라, 화성의 전사들이여! 오늘 밤 우리는 갈림길에 섰다. 내일은 오직 하나의 큰길만 남을 것이다. 승리로, 그리고 화성의 자유로 이어지는 길!"

함성이 터지고, 그 소리가 잦아들 때쯤에 예언자 패러스가 옥좌 뒤편의 그림자에서 걸어 나왔다. 패러스는 말했다.

"주군, 다시 한번 말씀드려야겠습니다. 제가 미래로 마음을 보내보았더니, 세 번째 길이 보였습니다. 검은 길이 멀지 않은 곳에 있습니다. 제가 드릴 수 있는 말은…… 서두르시라는 것뿐입니다!"

하랄은 소리내어 웃었다. 그는 젊었다. 아주 젊었다.

"우리는 오늘 밤 운명의 목을 틀어쥐었다, 패러스!"

그는 난쟁이를 돌아보았다.

"피의 빚은 네 것이다, 를로. 그리고 피의 권리에 따라, 너는 빚을 징수할 방법을 선택할 수 있다. 저기 그 지구인이 있구나. 저자에게 빚을 받아내라!"

난쟁이는 연단에서 소리 없이 뛰어내렸다. 고양이처럼 치명적인 우아함이었다.

"잠깐만!"

릭이 말했다.

뷰다흐의 늑대 같은 눈이 실망을 담아 깜박였다. 하랄은 놀라서 릭을 보았다.

"네 목숨을 살려달라 빌려는가?"

하랄이 물었다. 릭은 웃음을 터뜨렸다.

"그런다고 무슨 소용이 있겠나! 아니야."

그는 메이요에게 고갯짓했다.

"이 여자에 대해서다."

하랄은 지금까지 그 여자의 존재도 알아차리지 못했다는 듯이 얼굴을 찌푸렸다. 릭은 말했다.

"이 여자는 손대지 말고 풀어줬으면 좋겠어. 이 여자에겐 아무 원한도 없잖아."

뷰다흐는 이제 실망하지 않았다. 흡족해했다.

"주군, 저 여자는 저자의 짝입니다."

를로가 말했다. 릭은 그 말을 무시했다.

"우린 궁지에 몰렸을 때 만났고, 함께 헤쳐나왔지. 사실 저 여자는 날 잘 알지도 못해."

그는 그쪽을 쳐다보지 않으면서도 부디 메이요가 얼굴을 붉히지 않았길 빌었다.

하랄이 대꾸했다.

"지금 그건 중요하지 않다. 를로!"

릭은 화가 나서 항의하려 했다. 를로가 신호를 보내자, 경비병들이 들어왔다. 릭은 입을 닫고 이를 드러낸 채, 조심스럽게 메이요를 밀어냈다.

릭이 수갑 사슬로 세 명을 때려눕히고 발로 차서 두 명을 쓰러뜨린 후에, 누군가가 검을 눕혀 그의 관자놀이를 후려쳤다. 그는 두 대를 더 맞고 나서야 어둠이 시야를 좁혀 들어오는 것을 느꼈다. 마지막 남은 빛으로 뷰다흐의 얼굴이 보였는데, 혐오스럽다는 표정으로 를로를 보고 있었다…….

릭이 의식을 되찾았을 때는, 어둠에 삐죽빼죽한 진홍색 줄무늬가 여러 개 생겨 있었다. 멀리 어딘가에서 여자가 비명을 지르고 있었다. 두려움에 질린 비명이나 히스테리가 아니었다. 발톱이 있는 짐승이 내지르는 성난 소리였다.

릭은 눈을 떴다.

흔들리는 붉은 커튼이 알현실을 가렸다. 그 너머에 멀고 비현실적인 움직임이 있었다. 새된 비명은 그 커튼 너머에서 흘러나왔고, 망치가 금속을 두드리는 듯한 쇳소리가 아주 가까이 들렸다.

이윽고 그는 그 붉은색이 아픔이라는 사실을 깨달았다. 아픔이 너무나 강렬한 나머지 눈으로 볼 수 있을 지경이었다.

그는 높이, 아주 높이 올라가서 진홍색 안개 바다를 내려다보는 것 같았다.

비명이 멎었다.

잠깐 다시 암흑이 찾아왔다. 그 어둠이 걷혔을 때 그는 불안한 중얼거림 말곤 들을 수 없었다. 고통은 이동했는데, 그의 정신이 고통을 인식하기는 하지만 고통 자체는 단절된 차원으로 미끄러져 들어갔기 때문이다. 그는 다시 눈을 떴다.

그의 머리는 앞으로 떨궈져 있었다. 자신의 몸이 보였다. 똑바로 선 채로 벌거벗고 피를 묻힌 채, 반짝이는 청동처럼 땀에 번들거리고 있었다. 그의 발은 짙푸른 나무 같은 것으로 만들어, 세월이 지나면서 금이 가고 색이 더욱 어두워진 장식 들보 위에 놓였다. 발바닥 오목한 곳에 무거운 단검 두 개의 칼자루가 보였다. 횃불 빛을 받은 단검이 밝게 빛났다. 눈부시게 밝았다.

한참 아래에 돌바닥이 있었다.

그는 천천히 머리를 돌렸다. 머리가 무거워서 한참이 걸렸다. 그의 왼팔은 벽에 쫙 펼쳐져 있었다. 그의 손가락은 세 번째 단검 칼자루를 느슨하게 쥐었는데, 그 단검은 그의 손바닥을 가르고 두 개의 돌덩이 사이 틈에 박혀 있었다.

쳐다보지 않아도 오른쪽도 마찬가지임을 알 수 있었다. 그는 다시 고개를 아래로 떨궜다.

메이요가 돌 위에 무릎을 꿇고, 얼굴은 위로 들어 그를 보고 있었다. 그는 미소 지었다.

난쟁이 를로는 무릎을 끌어안고 웅크린 모습이, 마치 경배하는 자세 같았다. 를로는 혼자였다. 그의 시선은 깊은 광기에 타오르며 눈도 깜박이지 않고 릭만 보고 있었다.

더 뒤쪽에는 열두 명의 전쟁 지도자와 케어 히브라에서 온 남자들이 핏빛 테이블에 둘러앉아 술을 마시며, 작은 목소리로 두서없이 대화를 나누고 있었다. 그들은 서로의 눈을 피했고, 위를 보지도 않았다. 하랄은 옥좌에 널브러진 채, 처녀들의 머리카락으로 짠 양탄자를 응시했다. 그의 얼굴은 메스꺼운 듯 희게 질려 있었다. 그 옆에는 왕대비가 움직임 없이 앉아서 벽에 매달린 남자를 보고 있었다. 왕대비에게 그는 인간이 아니었고, 짐승이라면 보였을 동정심조차 느낄 가치가 없는 존재였다. 지구인이었으니까.

갑자기 뷰다흐가 연단에서 일어났다. 그의 얼굴에는 차가운 분노가 서려 있었고, 두 손은 단검 자루 위에서 씰룩였다. 그는 폭발하듯 으르렁거렸다.

"내 동포의 신들에게 걸고! 이만하면 충분하지 않소?"

를로가 희미하게 웃었다. 움직이지는 않았다. 그림자 속에서 패러스가 말했다.

"주군, 제가 간청합니다. 이만 끝내십시오!"

하랄은 릭을 보지 않으려고 조심스럽게 고개를 들어 올렸다.

"를로?"

"피의 권리에 따라, 이것이 제 선택입니다, 폐하."

를로는 조용히 말했다.

하랄은 다시 옥좌에 몸을 기댔다.

뷰다흐가 시선을 올렸다. 그의 눈이 릭의 어두운 호박

색 눈과 마주쳤고, 서서히 알현실에 정적이 내려앉으면서 돌바닥 위에 천천히 떨어지는 핏방울 소리가 선명하게 들렸다.

"부끄럽군. 내 동포들이 부끄러워."

뷰다흐가 말했다. 그는 갑자기 몸을 돌리더니 앞으로 나서서 를로의 턱 밑을 걷어차 쓰러뜨렸다. 그러고는 단검을 뽑았다.

"피의 권리건 뭐건, 너는 남자답게 죽을 자격이 있다, 지구인!"

뷰다흐가 외쳤다. 그의 두 손이 단검을 던지기 위해 뒤로 제쳐졌다.

를로가 미친 고양이처럼 울부짖더니, 놀라울 정도로 빠르게 뷰다흐에게 달려들었다. 뷰다흐는 비틀거렸다. 단검은 빙글빙글 돌면서 횃불 빛을 받아 반짝이다가, 목표 지점을 크게 벗어난 곳을 때리고는 댕그랑 소리를 내며 돌바닥에 떨어졌다. 뷰다흐는 으르렁거리며 두 손으로 를로의 목을 움켜잡았다.

그 순간, 알현실의 청동 문 너머 아치형의 큰 방 바깥에서 남자의 비명이 울렸다. 그리고 그 소리가 방아쇠라도 된 듯, 격렬한 소음이 터졌다.

알현실에 있던 모두가 일어섰다. 아무도 말은 하지 않

았다. 칼집에서 나온 칼날이 번득였다. 뷰다흐는 고개를 들어 올렸고, 그의 쩍 벌린 두 다리 사이에서 바닥을 두드리던 난쟁이의 발소리가 점점 약해지다가 조용해졌다.

뷰다흐는 그 시체를 떨구더니 쳐다보지도 않았다. 그는 등에 메고 있던 검을 뽑아 들고 하랄에게 향했다.

메이요는 이제 일어서서 벽에 몸을 딱 붙였다. 묶인 두 손을 높이 뻗으면 릭의 발에 닿을 테지만, 단검 손잡이에는 닿지 않았다. 그녀는 그의 얼굴을 올려다보았다. 말하려고 했지만 소리가 나오지 않았다. 릭의 땀과 핏방울이 그녀의 하얀 피부 위에 떨어져, 붉은 빛을 받아 반짝였다.

릭의 입술이 움직였다.

"사랑해."

그는 미소 지었다. 그때 청동 문이 쾅 소리를 내며 열렸고, 자파 스톰이 금성인과 검은 유인원을 잔뜩 거느리고 서 있었다.

7

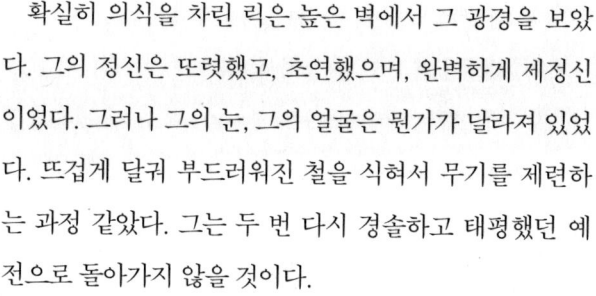

 확실히 의식을 차린 릭은 높은 벽에서 그 광경을 보았다. 그의 정신은 또렷했고, 초연했으며, 완벽하게 제정신이었다. 그러나 그의 눈, 그의 얼굴은 뭔가가 달라져 있었다. 뜨겁게 달궈 부드러워진 철을 식혀서 무기를 제련하는 과정 같았다. 그는 두 번 다시 경솔하고 태평했던 예전으로 돌아가지 않을 것이다.
 그는 화성인들이 싸우다가 스톰의 부하들이 쏘는 블래스터 아래 쓰러지는 모습을 지켜보았다. 경비병들이 왔다. 전사들이 득시글거렸다. 하얀 털의 거대한 금성인, 블래스터 그리고 검은 유인원이 그들을 베어 넘겼다.

바깥에서는, 알현실 너머의 홀과 거리는 물론이고 도시 전체에서, 짐승의 울부짖음이 요란한 전투 소리와 배닝 충격기가 내는 톱날 같은 진동 소리와 섞여들었다.

알현실 안에서는 횃불이 하나씩, 하나씩 짓밟혀 꺼졌다.

잠시 후에는 정적이 깔렸다. 너덜너덜한 깃발과 잊힌 영광만 남은 어둠 속에서, 횃불 하나만이 아직 높은 곳에서 타오르며 단검으로 돌벽에 꽂아놓은 남자 위에 흔들리는 붉은 빛을 흘렸다. 금성인들과 유인원들은 전사자들을 데리고 물러났다. 바깥에서는 아직 싸움이 이어졌지만, 멀고 숨죽인 소리로만 들렸다. 메이요는 벽에 딱 붙어서 릭의 발을 만진 자세 그대로 움직이지 않았다.

자파 스톰이 와서 그들 앞에 섰다.

그는 말없이 오랫동안 위를 보다가, 미소 지으며 표범처럼 거대한 몸의 근육 하나하나를 쭉 폈다. 검은 눈에는 깊은 즐거움이 깃들어 있었다. 그는 조용히 읊조렸다.

"'바람이 일고 있다'더니. 하! 알아서 불고 꺼졌군! 이 자들은 화성의 지도자들이었어. 남아 있는 몇 명의 야만인과 극지대 사색가 따위야 아무것도 아니지."

그는 조용히 웃었다.

"그놈들이 있을 줄 알았어. 네가 여기 있는 줄도 알았고. 나에겐 저놈들의 예언자만큼이나 많은 지식이 있거든. 어쩌면 더 많이 알지도 모르지."

메이요는 소리 없이 무릎을 꿇고, 묶인 두 손을 어두운 바닥에 대고 있었다.

스톰은 릭을 뜯어보았다.

"무슨 예언인가 하는 게 있었지? 그리고 피의 빚."

그는 고개를 끄덕였다.

"넌 나에게 문제를 잔뜩 일으켰어, 릭. 돌에 맞은 것도 아팠고. 네놈이 달아난 덕분에 내가 멍청해 보인 데다가, 너한테 영감을 받아서 도망치려고 하는 놈도 많아졌지. 게다가 다른…… 문제도 있었어."

릭은 웃었다. 목쉰 속삭임 같은 웃음소리였다.

"그건 그래. 네놈이 여자에게 걷어차이는 꼴을 내가 봤지."

스톰은 고개를 끄덕였다. 그러더니 몸을 굽혀서 메이요의 어깨를 잡았다.

그녀는 빠르게 몸을 일으켰다. 두 손에 뷰다흐의 단검을 잡고 있었다. 스톰이 거친 숨을 내쉬었다. 흐릿한 움직임과 소리가 뒤엉켰다. 단검이 돌바닥에 부딪히는 소리가 울리고, 스톰은 메이요를 안아 들었다.

"넌 튼튼한 놈이야, 릭. 그러니 꽤 오래 살겠지. 아직까진 누가 여기로 올 것 같지도 않군. 왕도엔 남은 사람이 없고, 저 아래는 아직 바쁘고 말이야. 설령 누가 온다 해도 널 내려주진 않을 거야."

"그런 생각을 하니 참 즐거운가 보군."

릭은 비웃었다.

스톰은 다시 한번 크게 웃고는 말했다.

"맞아. 예언에 따르면 네놈이 화성을 지배하는 것 아니었나? 화성 놈들은 부채꼴로 이어지는 미래니 뭐니, 무한히 뻗은 길이니 뭐니 하는 믿음에 매달리지. 릭, 넌 어디선가 엉뚱한 모퉁이를 돈 거야!"

스톰은 가버렸다. 릭은 메이요의 머리카락에 비치는 따뜻한 횃불 빛을 내내 바라보다가, 시야에서 사라진 후에는 스톰의 장화가 내는 절뚝거리는 발소리가 복도 저편으로 사라질 때까지 귀를 기울였다.

그는 혼자가 되었다.

그는 혹시 몸에 꽂힌 칼날을 움직일 수 있을지 시도해 보았다. 그 후에는 꼼짝하지 않고 매달린 채 깊고 거친 한숨만 내쉬었다.

그러다가 어둠 속 어딘가에서 무엇인가가 움직였다.

뷰다흐였다. 옥좌 옆에 쌓인 시체들 아래에서 뷰다흐가 몸을 끌어내고 있었다. 그는 손발을 짚고 시체 사이를 기어다니며 얼굴을 들여다보았다. 그는 힘든 숨소리 외에는 아무 소리도 내지 않았다. 찾던 얼굴을 발견했을 때 조차도 그랬다.

펄럭이며 타들어 가는 횃불 빛 속에서, 릭은 뷰다흐가 품에 안아 든 하랄의 상앗빛 몸을 보았다. 뷰다흐는 천천히 일어서더니, 비틀거리지도 않고 꼿꼿하게 연단으로 걸어가서 소년을 옥좌에 앉히고, 조각이 들어간 등받이에 검은색 머리를 기대고, 두 손은 팔걸이에 놓았다. 붉은 횃불 빛이 소년의 눈동자를 비추고, 목걸이의 낡은 요철을 빛냈다.

뷰다흐는 장검을 하나 찾아내어 하랄의 무릎 위에 올리고는, 연단 위에 주저앉았다.

그는 한참 후에 머리를 들어 릭을 쳐다보았다. 그 눈 속에 예언의 빛이 깃들었다.

"너는 죽지 않을 것이다."

그는 숨을 헐떡이며 엄숙하게 말했다.

벽에 걸린 남자는 완전히 쉰 목소리로 속삭였다.

"그래."

"너는 화성을 지배할 것이다."

"나는…… 화성을…… 지배할 것이다!"

정적. 이윽고 뷰다흐가 고개를 끄덕였다.

"좋든 싫든, 길은 정해졌다. 그리고 너는 사나이야."

"뷰다흐."

릭이 말했다.

"음?"

"내 손으로, 뷰다흐……. 내 손으로!"

뷰다흐는 릭을 보았다가 죽은 소년을 보고, 다시 릭을 보았다. 그는 미소 짓더니, 연단에서 내려와서 천천히, 고통스럽게 바닥을 기어 릭이 있는 쪽으로 다가가기 시작했다.

그러다가 갑자기 멈췄다.

"누군가가 오고 있다."

그는 중얼거렸다.

바깥의 어두운 복도에서 바스락거리는 소리가 들리더니, 희미한 비명이 올랐다. 충격받고 목이 졸리는 듯한 소리였다.

"릭! 릭!"

어스름 속에서 비단 같은 날개가 빠르게 살랑거리더니, 키라가 릭 옆의 조각 벽에 매달려 있었다. 키라는 놀라서 커다란 눈을 휘둥그레 떴는데, 눈물은 없었다.

키라는 흐느끼듯이 말했다.

"난 저들을 따라왔어요, 릭. 어쩌면 뭔가 방법이 있을지도 모른다고, 당신을 도울 수 있을지도 모른다고 생각했어요. 아, 릭."

그는 키라를 보고 미소 지었다.

"도울 수 있어, 아가씨."

그의 말소리는 느리고 꽉 잠겨 있었다.

"이 칼을 빼줄 수 있어."

키라는 자그마한 얼굴이 하얗게 질렸지만, 고개를 끄덕였다. 바닥에 있던 뷰다흐가 말했다.

"잠깐만. 그냥 칼을 빼면 그대로 떨어질 것이다. 사다리가 아직 여기 있다. 날 도와다오."

키라가 날아 내려갔다. 그들은 둘이서 릭을 벽에 올리기 위해 썼던 가벼운 금속 사다리 하나를 세웠다.

뷰다흐는 아주, 아주 천천히 사다리를 올라가서 지구인의 발에 박힌 단검을 뽑았다.

마침내 그들이 손에 박힌 단검을 뽑았을 때는 릭도 의식이 간신히 남아 있는 수준이었다. 그는 자신을 떠받치느라 키라의 날개가 빠르게 파닥이는 것을 알았다. 뷰다흐의 강인하고 완고한 힘도 느꼈다. 릭도 그들을 도우려 했지만, 한기가 스며들었고 귓가에 으르렁거리는 소리가 울렸다.

잠시 후에는 그의 목에 뜨거운 와인이 흘러들었다. 그는 사다리 발치에서 벽에 기대 누웠다. 뷰다흐가 술잔을 들고 그 옆에 웅크려 앉았다. 키라는 지쳐서 벌벌 떨면서도 릭의 손과 발에 천을 묶었다.

뷰다흐가 잔을 떨궜다. 얼굴에 식은땀이 맺혀 있었다. 그는 바닥을 더듬어서 뭔가를 들어 올렸다.

무쇠로 만든 루의 목걸이였다.

"잘 들어라, 지구인. 우리의 시대는 끝났다. 화성에 어떤 새로운 시대가 오건 간에 전과는 다를 것이다. 그리고 그게 너의 시간이 되겠지."

뷰다흐는 말을 멈추고 숨을 골랐다.

"이 목걸이는 화성 절반의 왕권을 상징한다. 루와 이 목걸이가 이끄는 곳을 화성이 따라가지. 내가 이 목걸이를 네 목에 채우겠다. 잠금쇠에 숨겨진 칼날이 있다. 한 세대에 오직 한 명이나 두 명만이 그 비밀을 아는데, 그걸 모르는 누군가가 이 목걸이를 건드렸다간 그 칼날에 발린 독에 죽지. 그래도 목걸이는 잠겨 있을 것이고. 이 목걸이가 화성인들의 충성을 얻어낼 열쇠가 될 것이다. 그 충성심으로 네가 무엇을 하느냐가 네 운명을 가르겠지."

뷰다흐가 다시 말을 멈췄다.

"왜 나에게 그 목걸이를 주지?"

릭이 속삭였다.

"그게 길이 향하는 방향이니까. 네가 회사와 회사 놈들을 박살 낼 테니까. 그 목걸이를 찰 힘이 남은 화성인은 아무도 없으니까…… 지금은. 언제까지나 계속 그렇지는 않겠지만, 미래는 그들이 알아서 해야겠지."

그는 무쇠 목걸이를 릭의 목에 채웠다. 하랄의 젊은 체온 때문에 아직도 조금 따듯했다.

뷰다흐는 릭의 차갑고 불가해한 노란 눈을 한참이나 들여다보았다. 한순간, 그의 손이 목걸이를 다시 풀려는 것처럼 움직였다. 그러나 다음 순간, 그는 잠금쇠를 채웠다.

"여기에서 안전하게 나가는 비밀 통로가 있다."

뷰다흐는 말을 이었다.

"큰 복도에서 왼쪽 열여섯 번째 돌출 장식을 위로, 그 다음에는 아래로 눌러라. 그 길로 안전하게 빠져나갔던 루의 군주가 한 명이 아니었지. 이제 서둘러라!"

그는 릭을 한 번 더 보았다.

"기억해라, 지구인. 네가 그 목걸이를 배신한다면, 그 목걸이도 네 목숨을 구하지 않을 거다."

릭의 눈에는 아무 감정도 담기지 않았다.

키라는 열여섯 번째 장식을 찾으러 날아갔다. 뷰다흐는 연단으로 기어갔다. 그는 옥좌 오른편에 어깨를 기댔다.

키라가 돌아오더니, 릭을 붙잡아 반쯤은 짊어지고 반쯤은 질질 끌면서 벽에 생긴 좁고 검은 사각형 구멍으로 들어갔다.

뷰다흐는 한숨을 내쉬었다. 그는 천천히, 잠들듯이 옆으로 미끄러지더니 하랄의 발에 머리를 얹고 가만히 누웠다.

뒤이어 키라가 돌덩어리로 비밀 통로를 막는 소리가 울리고, 차갑고 건조한 암흑이 릭을 에워쌌다…….

많은 시간이 흐른 후, 글래사이트 벽으로 에워싸인 회사 행정탑의 사무실 꼭대기 층에서 자파 스톰은 소파에 느른하게 누워서 담배를 피우고 있었다. 그는 에드 팰런에게 그다지 관심이 없는 것 같았다.

팰런은 화가 나서 짧은 보폭으로 책상 앞을 왔다 갔다 하고 있었다. 억센 얼굴이 흥했다. 그는 마침내 벌컥 소리를 질렀다.

"다 집어치워! 웬 여자 하나를 두고 그런 무모한 짓을 벌이다니 경솔하고 어리석었어. 자네가 몇 명이나 죽였는지 아나?"

스톰은 어깨를 으쓱였다.

"금성인이었는데요, 뭘. 그놈들은 싸우다 죽기를 좋아

합니다. 이미 더 불러들였어요."

"암, 그거야 쉽지. 하지만 자네가 길거리에 온통 널어놓은 화성인들의 시체는? 이 멍청아! 그러다가 이 행성에서 바로 걷어차여 쫓겨날 수 있다는 것도 모르나?"

스톰은 조롱하듯 눈썹을 치켜올렸다.

"그 걷어차기는 누가 하고요?"

"화성 행성 정부가 지구에, 그리고 태양계 연합에 불평할 거야!"

"그럴 리가."

스톰은 일어나 앉았다. 그의 검은 눈동자는 냉담하면서도 희미한 경멸을 담고 있었다.

"화성 행성 정부에는 내가 이미 불만을 제기했어요. 더는 진행되지 않을걸요."

팰런은 가만히 서서 눈을 가늘게 떴다.

스톰이 말을 이었다.

"그놈들이 지구인 포로를 둘 데리고 있었잖습니까? 하나는 여자였고, 둘 다 회사 직원이었죠. 그놈들은 남자를 칼에 꽂아서 벽에 매달아놨어요. 안 그래요? 여자를 어떻게 하려고 했는지는 악마나 알겠죠. 그렇잖아요. 우린 그 둘을 구출해야 했어요. 아닙니까? 그런데 우리가 법적인 보호를 요청하러 어디로 갈 수 있었죠? 게다가 우리에겐 화성 놈들이 대학살을 준비하고 있었다는 증거도 있어요. 행성 정부는 말썽을 원하지 않아요, 팰런. 그 말썽을 뒷받침할 만한 힘도 없고."

그는 소리내어 웃었다.

"내가 불만을 접수하면서 두툼한 수표도 보냈죠. 복구 계획에 쓰라고."

팰런은 조금도 즐겁지 않은 웃음을 지었다.

"영리한 녀석. 그러면 루는 어쩔 건가? 카호라 이쪽에 사는 화성 놈들은 모두 어쩌고? 자네가 자기들의 왕과 최고 지도자들을 다 내세로 날려버린 걸, 그놈들이 어떻게 느끼겠냐고."

스톰은 차분하게 말했다.

"그놈들이야 느끼고 싶은 대로 느끼라지. 나에겐 블래스터가 끝없이 있습니다. 성벽을 따라 둥글게 배치해놓은 배닝 충격기도 있고, 금성인도 잔뜩 있는 데다, 더 오고 있죠. 화성에 법이 있다면 오직 힘뿐입니다. 그리고 난 그 힘도 갖고 있어요."

스톰의 목소리에 깃든 새롭고도 무례한 기색을 느끼고 팰런은 걱정스러워졌다. 팰런은 몸을 돌려 책상 앞에 앉았다.

"좋아, 스톰. 어쩌면 자네가 이 일을 모면할 정도로 똑똑한지도 모르지."

"모면하고말고요. 들어봐요, 팰런! 알현실에 모여 있던 그놈들은 사장님 머리 가죽을 벗기려 하고 있었다고요. 어차피 조만간 그놈들과 싸워야 했을걸요. 빨리 싸우는 편이 더 좋았던 겁니다."

"자네는 그랬지. 그래. 자네는 내 부하들과 내 장비를 써서, 내 회사와 내가 이 먼지 구덩이 행성에 쏟아부은 모든 것을 위험에 빠뜨렸어. 단지 자네의 개인적인 원한을 풀기 위해서! 심지어 나한테 한마디도 하지 않고 그 모든 짓을 저질렀지. 어쩌면 자네가 이 쇼를 운영하는 게 더 낫다고 생각하는지도 모르겠군."

스톰의 시선은 생각에 잠겨서 팰런 너머로 날아갔다.

"어차피 쇼야 사실상 알아서 돌아가게끔 해놨잖아요."

스톰은 몸을 앞으로 내밀고 담배를 비벼 끄더니, 가볍게 말을 이었다.

"당신은 물렁해지고 있어요, 에드. 육체적으로 말입니다. 책상 뒤에 앉아서 식물이나 가꾸고, 머리로 재주 부리기만 좋아하는 전형적인 거물로 변해가고 있다, 이겁니다. 내가 거친 녀석들 몇 놈을 벽으로 몰아야 했을 때 당신 꼬락서니를 봤습니다. 당신은 그걸 안 좋아해요, 에드. 그런 광경을 보면 역겨워하죠. 루에 일어난 일에도 역겨워했고, 겁먹은 나머지 기절할 뻔했어요. 당신은 늙어가고 있어요, 에드. 점점 느려지고 조심스러워지고 있다고요. 내가 첫 번째 공격은 늦췄지만, 다른 공격이 또 올 겁니다. 다른 회사들, 하이재킹, 암살, 온갖 공격이요. 화성은 늙어가는 사치를 부릴 수 있는 세상이 아니에요, 에드."

팰런은 조용히 숨을 들이마셨다.

"자넨 거짓말쟁이야, 자파."

"좋을 대로 받아들이십쇼."

스톰이 대꾸했다.

"자네의 속마음 그대로 받아들이겠네. 그러니까 자네가 회사를 직접 운영하고 싶은 거군."

"회사는 곧 화성을 뜻하죠, 에드. 난 화성을 원해요!"

팰런은 고개를 끄덕였다. 특별히 놀란 것 같지는 않았다. 그는 붉은 머리통을 앞으로 떨구고, 앉은자리에서 살짝 무너져 내렸다.

움직임에 나선 순간, 팰런의 움직임은 아주 빨랐다. 자파 스톰은 조금 더 빨랐다. 방음 설비 덕분에 블래스터 발사음은 순식간에 사라졌다. 스톰의 머리통 옆 쿠션에 그을린 자국이 남았다. 팰런은 아직 책상 뒤에 앉아 있었다. 이제 그에게는 얼굴도 없었고, 자기 회사의 미래에 대한 관심도 없어졌다.

스톰은 일어서서 느릿느릿 텔레스크린으로 걸어갔다. 그는 바고를 호출해서 지시를 내렸다. 그런 다음에 밖으로 나가서 등 뒤로 문을 단단히 잠갔다.

몇 가지 일을 마무리하고 난 후에, 그는 행정탑 다른 구역에 있는 문이 잠긴 아파트에 들어갔다.

메이요 맥콜이 누워 있던 소파에서 일어나서 벽에 등을 붙이고 섰다. 그녀는 떨지도, 울지도, 히스테리를 부리지도 않았다. 아무 말도 하지 않았다. 그녀의 갈색 눈에는 치명적인 뭔가가 도사리고 있었다.

스톰은 미소 지으며 앉았다. 그는 솔직히 그녀에게 감탄했다. 이전에 살던 곳에서 그녀의 옷을 가져왔기에, 지금 그녀는 너덜너덜한 작업복 대신 단순하고 늘어지는 튜닉을 입고 있었다. 흐린 청동색 옷을 입으니 머리카락이 불타는 듯 선명해 보였다. 작업복을 입었을 때는 슬쩍 드러났던 아름답고 탄력 있는 몸의 선이 두드러졌다.

"회사는 내가 접수했어."

스톰이 조용히 말했다.

메이요의 눈썹이 살짝 올라갔다. 그녀는 말없이 그를 주시했다. 스톰이 물었다.

"내가 당신을 어떻게 할지 알고 싶지 않나?"

"그게 의미 있어?"

"아마도. 난 당신에게 아무 짓도 안 할 테니까."

그녀는 스톰을 응시했다.

"흠, 뭐라고 말해야 할지 모르겠군. 한동안은 말이야."

그는 반쯤 미소 띤 얼굴로 오랫동안 메이요를 살펴보았다.

"언젠가 내가 제안을 하나 했지, 메이요."

그녀는 웃음을 터뜨렸다.

"설마 그 제안이 아직 유효하단 소린 아니겠지!"

"유효할 수도 있어."

스톰은 몸을 앞으로 내밀었다.

"들어봐, 메이요. 난 회사를 소유하고, 회사는 화성을 소유할 거야. 여긴 휴경지 같은 세상이야. 새로 갈면 몇 세기 전 지구에서 개척 대륙을 개발했던 시절 이후로 한 번도 보지 못한 힘과 재산을 거둬들일 수 있어. 사실 그 시절과도 비교가 안 되지. 그때는 세상의 한 조각만 가지고 놀았을 뿐이니까."

스톰의 검은 눈동자에는 깊게 이글거리는 열기가 담겨 있었다.

"난 당신 같은 여자를 본 적이 없어, 메이요. 그게 뭔지도 모르겠어. 예쁜 여자야 무수히 봤지. 어쩌면 더 예쁜 여자도. 하지만 당신에겐 뭔가 다른 것, 당신만의 것이 있어. 그리고 난 그걸 원해. 그걸 너무나 원하다 보니, 당신에게 진 빚도 갚지 않고 넘어갈 생각이야. 당신이 강요하지만 않는다면 말이야. 이게 지금 주어진 카드야, 메이요. 이 카드를 가지고 당신이 원하는 대로 놀아봐."

그는 일어섰다.

"나에게 시간은 많아. 기다리는 것도 싫지 않고. 사실은, 오히려 좋다고 할 수 있지. 그저 난 어떻게든 내가 원하는 걸 손에 넣는다는 점만 기억해."

8

 릭은 비단과 가죽이 뒤덮인 선반 침대에 조용히 누워 있었다. 머리 위에는 작은 창문이 하나 있었다. 그 창으로 떨어지는 녹색 달빛에 감옥같이 작은 방이 보였다. 얄궂게도 그 방은 릭이 늙은 예언자와 피에 굶주린 그 손자를, 그리고 문제의 예언을 만났던 방과 거의 똑같았다. 두꺼운 도시 성벽에 움푹 들어간 공간으로, 위에서 보든 저 아래 죽은 해저 바닥에서 보든, 그 창문은 돌 사이의 빈틈으로밖에 보이지 않았다.

 문이 하나 있었는데, 그리로 나가면 알현실에서 루의 길거리 아래로 이어지는 비밀 통로가 나왔다. 그 통로는 이리저리 갈라지면서 이곳으로 이어졌다. 조심스럽게 통로를 탐색한 키라는 특정한 돌을 움직이면 '도둑 구역'의 뒷길로 나갈 수 있다는 사실을 알아냈다.

이 작은 은신처에는 보급품이 사려 깊게 갖춰져 있었는데, 아무래도 이 도시의 과거 격동기에 전통으로 자리 잡은 의무인 듯했다. 옷, 식량, 와인, 무기는 물론이고 상처 치료에 필요한 물건은 다 있었다.

릭은 달빛 줄기 속에 두 손을 들어 올리고 손가락을 오므렸다 폈다. 이미 여기에 온 지 나흘이 지났기에, 상처는 아물기 시작했다. 발도 마찬가지였다. 운 좋게도 그 단검은 면도날처럼 날카로웠고, 뼈와 힘줄 사이를 가르면서 최소한의 피해만 남겼다.

릭은 희미하게 미소 짓고, 다시 졸았다. 그동안 잠을 많이 잤다. 타고나길 튼튼한 데다가 이제까지의 삶 때문에 더욱 단단해진 그의 몸은 거의 정상으로 돌아와 있었다.

이윽고 밖에서 날갯짓 소리가 들리더니, 키라가 작고 유연한 몸으로 창문을 통과했다.

릭은 바로 깨어났다.

"찾았어?"

"응! 릭, 그 사람은 당신이 안전하다는 걸 알고 정말 기뻐했어요. 그 사실만 알아도 충분하다고 했어요."

"메이요는 어땠어? 스톰이 그 사람을 괴롭혔나?"

키라는 설명했다.

"당장은 위험하지 않아요. 내가 메이요에게 단검을 줬어요. 당신보고 걱정하지 말라고, 조심하라고 전해달래요. 그리고…… 이걸 보냈어요!"

키라는 릭의 입술에 부드럽고 작은 입술을 맞댔다. 그러더니 느닷없이 그의 가슴팍에 동그랗게 매달려서 울었다. 그는 키라를 토닥였다.

그는 말했다.

"지쳤구나. 넌 날 위해서 정말 많은 일을 해줬어. 그리고 내가 널 지나치게 위험하게 만들었어. 넌 집에 가야겠다."

키라의 날개가 날카롭게 바스락거렸다.

"아, 안 돼! 릭에겐 내가 필요해요!"

"그렇게까지 필요하진 않아. 넌 내 목숨을 구해줬어, 꼬마야. 이제 집에 가. 집에 있으면 안전할 거야."

"릭, 난 집에 못 가요! 그 사람들…… 그 사람들이 나한테 무슨 짓을 할지 몰라요. 게다가 이제 거기엔 내가 원하는 게 아무것도 없어요."

릭은 키라의 고개를 뒤로 젖혔다. 키라의 어린 얼굴과 가느다란 목의 곡선에 달빛이 반짝였다. 릭이 물었다.

"지금 네가 무슨 말을 하는 건지 알긴 해?"

"알아요."

"그리고 내가 뭐라고 대답할지도 알겠지."

"알아요."

키라는 작은 머리를 끄덕였다.

"이건 네가 생각하는 것 같은 사랑이 아니고, 너도 결국엔 잊어버릴 거라고 말해봐야 아무 소용 없겠지."

"난 집에 가지 않을 거예요, 릭. 당신도 날 보내지는 못해요. 잠시 날려 보낼 순 있을지 몰라도, 난 돌아올 거예요."

키라는 날개를 펴고 일어섰다. 달빛 때문에 섬세한 털이 녹은 은처럼 반짝였고, 날개에는 은은한 오팔 빛깔의 불이 타는 것 같았다.

"사랑해요, 릭. 하지만 그것 때문만이 아니에요. 난 화성을 사랑해요. 당신은 화성을, 사람들이 희망을 품을 수 있고 앞으로 나아갈 수 있는 세상으로 만들어줄 거예요. 릭, 당신은 앞이 아니라 뒤밖에 볼 수 없는 죽은 도시에서 사는 젊은이의 삶이 어떤 건지 몰라요! 그리고 난 새로운 화성을 같이 건설하고 싶어요. 아주 작은 몫만 맡아도 내가 도왔다는 사실을 알면 충분해요. 당신도 나에게서 그걸 빼앗을 순 없어요."

릭은 오랫동안 말없이 키라를 쳐다보았다. 기묘하게

냉랭한 표정 때문에 잠시 얼굴이 굳어졌다. 턱에 힘이 들어가자, 눈에는 잔인하다고까지 할 만한 표정이 깃들었다. 다음 순간 그는 어깨를 으쓱이더니 조용히 말했다.

"그래, 널 떠나게 할 순 없을 것 같군. 죽인다면 몰라도. 좋아, 키라. 그렇게 하자."

키라는 의기양양하게 미소 띤 얼굴로 낮은 침대 옆에 다리를 접고 앉았다.

"회사 주변에서 널 본 사람은 없나?"

릭이 물었다.

"없어요. 그곳에 여러 번 가봤지만 한 번도 없었어요."

"스톰이나 그 건물 방어에 대해 더 알아낸 건?"

"이미 말한 것 말고는 없어요. 릭, 난 아무도 공격에서 살아남지 못할 거 같아요! 우리 편 말이에요."

"그럴지도 모르지. 루는 어때 보여?"

"돌아왔을 때 길거리에서 횃불 빛을 봤어요. 곧 일이 일어날 것 같아요. 아, 릭…… 오늘 밤 지붕 위에 숨어 있었을 때 엿들은 이야기가 하나 있어요. 스톰이 벌써 사람들을 잡으려고 신시가지를 두 번이나 습격했대요. 광산은 3교대로 돌아가고 있어요. 사람들이 죽었대요."

릭은 고개를 끄덕였다.

"스톰은 시간을 낭비하지 않지."

그는 일어나 앉아서 침대 옆에 다리를 내렸다.

"붕대 가져와서 좀 단단히 묶어줘."

키라는 반대하려다가, 순순히 시키는 대로 했다.

"더는 못 기다려."

릭이 반쯤은 혼잣말처럼 말했다.

"일단 놈들이 일을 시작하면 너무 늦어. 우리 모두에게!"

몇 분 후, 문제의 돌이 조용히 움직이고 그들은 조심스럽게 성벽 발치에 딱 달라붙은 좁은 샛길로 걸어 나갔다. 짙은 어둠에 휩싸여 있었고, 다양한 냄새 외에는 아무것도 없었다. 앞쪽 어딘가에서 낮고 혼란스럽지만 성난 웅얼거림이 들려왔다.

키라는 허공으로 날아올랐다가 잠시 후에 돌아와서, '도둑 시장'에 군중이 모여 있으며 더 잘사는 도시 구역에서 사람들이 꾸준히 오고 있다고 말했다.

키라는 릭의 팔을 잡고 속삭였다.

"그자들이 당신을 죽일 거예요. 갈가리 찢어버릴 거라고요."

릭은 미소 지었다. 유머도, 인간미도 없는 기묘한 웃음이었다.

"계속 가. 안내해."

키라는 그 말에 따라 몸을 돌렸지만, 날개는 먼지투성이 돌 위에 질질 끌렸다.

그들은 너무나 오래된 나머지 침식으로 생긴 먼지가 구석구석 소복하게 쌓인 건물 사이의 좁고 꼬불꼬불한 길을 걸어갔다. 사람이라곤 보이지 않고, 시커먼 창문에 깃발처럼 걸린 남루한 빨래들만이 그곳에 사람이 산다는 사실을 알려줄 뿐이었다. 하지만 릭은 퀴퀴한 냄새로 그 사람들의 존재를 알 수 있었다. 숨 쉬기만큼이나 사악함도 만연한 사람들. 포보스는 동쪽으로 저물었지만, 데이모스는 루 위에 낮게 걸려 있었다. 어찌나 낮은지, 왕도의 탑이 달을 꿰뚫은 것처럼 보였다.

군중들의 아우성은 꾸준히 커졌다.

그 함성에는 이상한 구석이 있었다. 분노가 담겨 있었으나, 그것은 전쟁의 함성이라기보다는 애도의 노성이었다.

그들은 마침내 거리 끝에 이르렀다. 군중의 아우성, 군중의 냄새가 그들을 엄습했다. 흔들리는 횃불의 환한 빛이 달빛을 가렸다. 그들은 빈틈없이 사람이 들어찬 넓은 광장을 보았다. 광장 주위로 기울어진 집이 잇달아 서 있었는데, 거기에도 사람들이 있었다. 창밖으로 몸을 내밀고, 발 디딜 곳만 있으면 발코니고 장식이고 할 것 없이 벌 떼처럼 달라붙어 있었다.

아우성이 갑자기 엄청나게 크게 터지더니, 확 줄어들어 조용해졌다. 한 남자의 목소리가 들렸다. 패배한 전장에 울려 퍼지는 트럼펫 소리처럼 가늘고 비통한 소리였다.

릭은 앞으로 나아가기 시작했다. 아무도 그를 쳐다보지 않았다.

한 남자가 광장 중앙의 발판 위에 서 있었다. 이 구역의 도둑이 정의의 심판을 받는 데 쓰이던 교수대 발판이었다. 남자는 작고 마르고 희끗희끗했으며, 금색 그물망 같은 넝마를 입고 있었다. 얼굴은 일그러지고 흉터로 가득했으며, 두 눈은 횃불 빛처럼 붉은 토파즈 색으로 가느다랗게 빛났다. 남자는 새된 목소리로 외쳤다.

"여러분은 우리가 왜 여기 모였는지 안다. 여러분은 어떤 일이 벌어졌는지 알아. 우리를 해방하려던 이들이 죽었고, 우리의 어린 왕도 죽었다."

남자는 잠시 말을 멈추고, 군중들이 응답하여 내지른 음울한 고함이 사그라들기를 기다렸다.

그는 조용히 말했다.

"여러분은 우리에게 남은 할 일이 무엇인지 안다."

그 말에 대한 응답은 순수한 피의 함성이었다.

"여러분은 그놈들에게 무기와 벽과 힘이 있음을 안다. 그러라지! 그래도 놈들은 우리를 막지 못한다. 우린 돌아오지 못할 테고, 그 사실 또한 알지만, 우리가 죽기 전에 화성 위에서 지구인의 회사를 없애버릴 것이다!"

다시 응답하는 고함이 오르기 전 짧은 정적을 틈타, 릭이 목소리를 높였다.

"잠깐만!"

릭이 외치자, 광장 전체에 성난 중얼거림이 번져나갔다. 작은 남자는 릭을 내려다보았다. 그러더니 그의 눈이 커졌다. 그는 숨을 거칠게 들이마시더니, 갑자기 두 팔을 펼쳐서 군중을 조용히 시켰다.

남자의 다급한 손짓에서 번져나간 정적이 위를 보던 얼굴들 사이로 퍼지고, 잔잔한 물처럼 벽을 두드렸다. 결국에는 횃불이 나부끼는 소리가 들릴 만큼 조용해졌다.

릭은 발판으로 올라가는 계단을 밟기 시작했다.

그는 느리지만 꼿꼿하게, 절룩거리지 않고 올라갔다. 커다란 어깨에서 발까지 떨어지는 자주색 망토를 두르고, 가슴께는 찬란한 에메랄드로 만든 '쌍둥이 달' 상징물로 여미고 있었다.

그는 흔들거리는 교수대 사슬 아래 자리한 연단으로 걸어갔다. 그리고 붕대를 감은 손을 올려서 망토 여밈을 풀었다.

아무도 아무 말도 하지 않았다. 오직 숨소리만이, 헉 하고 들이쉬는 하나의 거대한 숨소리만이 벽에서 벽까지 휩쓸고는 모두 조용해졌다.

릭은 꼼짝도 하지 않고 서 있었다. 두꺼운 근육으로 이루어진 탄력 있는 몸은 단순한 병사의 가죽 멜빵 말고는 벗은 채였고, 그 목에는 수백 년 동안 낡고 닳아서 색이 탁해진 '루의 목걸이'가 횃불 빛을 받아 무쇠 빛을 반짝이고 있었다.

금색 튜닉을 입은 도둑이 휘둥그레 뜬 눈으로 그를 보며 물었다.

"당신은 누구요?"

릭은 목소리를 높이지 않았지만, 그래도 그 대답은 벽에서 벽까지 메아리쳤다.

"리처드 건 어크하트, 예언의 지도자."

군중은 신음 같은 것을 내뱉었다. 피 앞에서 내지르는 짐승의 울음소리였다. 도둑은 두 팔을 펼쳤다.

"잠깐! 잠깐 기다리시오, 여러분!"

그는 갈구하는 손가락으로 단검 자루를 말아쥐고서 릭에게 다가섰다.

"지구인이 어떻게 루의 목걸이를 얻었지!"

"학살이 일어난 후에 뷰다흐가 직접 하랄의 목에서 풀어서 나에게 채웠지. 이 잠금쇠가 어떤 물건인지 알 텐데. 내 말이 사실이란 건 알 거요."

"뷰다흐가!"

도둑은 속삭였다. 그 이름이 으스스하게 광장에 퍼졌다. 반쯤은 소리내어서……. 뷰다흐…… 뷰다흐!

도둑이 말했다.

"지구인이, 지구인이 루의 목걸이를 걸다니!"

도둑은 칼을 뽑았다.

릭의 얼굴에는 아무 감정도 없었다. 그는 칼을 쳐다보지도 않았다. 그는 흔들림 없는 시선으로 군중을 바라보았다.

"들어보시오, 여러분. 뷰다흐는 나에게 이 목걸이를 채우면서 이렇게 말했소. '좋든 나쁘든, 길은 정해졌다.' 그리고 화성이 걸을 수도 있었을 모든 길 중에서 이 길이 수레바퀴 꼭대기에 올라왔지. 여러분은 그걸 바꿀 수 없소. 아무도 바꿀 수 없어. 이미 바꾸려고도 해봤지. 단검으로 나를 알현실 벽에 박아놓기도 했지만, 그래도 바꾸지 못했소."

그의 목소리에는 기이한 울림이 있었다. 험악하지도 않고, 위협하거나 애원하지도 않았다. 너무나 강하게 확신한 나머지 생각을 멈춘 것만 같았고, 그들이 이미 알게 분명한 일을 반복할 뿐이라는 듯했다.

"나는 지구인이 아니오. 난 우주에서 태어났고, 살면서 처음 발을 딛은 땅은 제카라 항구였지. 나는 어떤 세상에도, 어떤 인종에도 속하지 않아. 나는 오직 나이고, 내 충성은 내가 원하는 곳에 바칠 거요."

그는 기다리다가 말을 이었다.

"화성은 지지 않았소. 이대로 가서 진다면 또 모르지만. 그리고 이런 식으로 회사에 덤비면 질 거요. 키라! 키라, 이리 와서 네가 본 것들을 말해줘."

키라가 어두운 거리에서 날아올라 발판 위에 선 릭 옆으로 내려가자, 바다처럼 모인 얼굴들이 그 모습을 보러 움직였다. 키라는 군중이 두려워서 소심하게 릭을 건드렸다. 릭은 부드럽게 그녀에게 손을 얹었다. 그리고 다시 군중을 마주했다. 그는 외쳤다.

"회사의 지구인은 칼로 꽂아 벽에 매달아놓은 나를 죽게 내버려두고 떠났소. 날 구한 건 키라였지. 키라와 뷰다흐였어. 나는 화성에 내 목숨을 빚졌소."

그는 키라를 내려다보고 미소 지었다.

"저들에게 말해줘, 꼬마야."

그는 속삭였다.

그래서 키라는 설명했다. 그리고 마지막으로 말했다.

"당신들은 그놈들에게 손도 못 대보고 죽을 거예요."

불분명하게 웅얼대는 소리가 광장에 퍼져나갔다. 도둑이 몸을 앞으로 내밀었다. 칼은 여전히 치켜들고 있었으나, 그 칼에 대해서는 잊은 눈치였다. 토파즈 빛 눈동자에는 내키지는 않지만 기묘한 경외심이 깃들어 있었다.

"당신은. 당신이라면 어떻게 하려고?"

"내가 그걸 말하면, 그 즉시 자파 스톰도 알 거야. 그놈에겐 당신들의 예언자 못지않은 힘이 있어. 돌벽도 그놈의 정신을 막진 못하지. 그렇지 않고서야 어떻게 당신네 지도자들이 여기에 모여서 죽을 준비를 하고 있다는 걸 알았겠나. 그놈이 정말 바쁘고 아주 안전하다고 느끼지만 않았더라면, 이보다 더 빨리 루에 대한 염탐을 시작했을 거야."

"그렇다면 우린 그냥 당신을 믿어야 한다는 얘기군."

도둑은 가만히 말하더니, 손에 쥔 단검을 가늠해보았다.

"뷰다흐는 죽어가고 있었어."

"저들에게 말해줘, 키라."

릭이 말했다.

키라는 횃불 빛 아래서 몸을 뻗고 날개를 활짝 펼쳤다. 그녀는 성난 소리를 내질렀다.

"들어봐요, 화성인 여러분. 자파 스톰은 릭에게 사슬을 채우고 광산 노예로 만들려고 했어요. 릭이 굽히지 않자 죽이려고도 했죠. 나흘 전 밤에는 죽으라고 릭을 벽에 매달아놓고 떠났고, 릭의 짝을 회사로 데려갔어요. 사람이 복수를 원하는 데 무슨 이유가 더 필요해요?"

키라에게서 광채 같은 것이 뿜어나왔다. 그녀의 부드럽고 어린 목소리는 플루트 소리처럼 울렸다.

"릭 어크하트는 화성을 훌륭하게 이끌 거예요. 죽어가는 세상에 생명을 다시 가져올 거예요. 여러분에게 단결을, 그리고 힘을 줄 거예요."

한참 사방이 고요했다. 뒤이어 함성이 따라왔다. 돌벽을 흔드는 천둥 같은 환호였다.

릭은 금색 누더기를 걸친 도둑을 돌아보고 말했다.

"저들을 준비시켜두시오. 오래 걸리진 않을 거야. 언제 공격할지는 키라를 통해 전하지."

도둑은 고개를 끄덕였다. 릭은 군중을 향해 두 손을 들어 올렸다. 그는 미소 지었지만, 두 눈은 조금의 동요도 없이 차갑고 초연했다. 그리고 릭과 키라는 나타났을 때만큼이나 조용하고 신비스럽게 떠났다······.

메마른 해양 바닥을 건너, 회사 행정탑에서 팰런이 쓰던 사무실에 있던 자파 스톰은 바빴다. 릭이 꿈도 못 꿀 만큼 바빴다. 실제 몸으로 뭔가를 하는 것은 아니었다. 그는 꼼짝도 하지 않고 앉아서 무릎에 팔꿈치를 올린 채 눈을 감고 손가락 관절을 특정한 방식으로 접어 관자놀이를 누르고 있었다. 그는 이전에 릭의 정신에 접촉한 적이 있었다. 일종의 주파수 같은 것을 알고 있으니 동조하기가 더욱 쉬웠다. 그는 릭이 스톰의 정신 능력에 대해 말하고, 전투 계획을 털어놓으면 위험하다고 했을 때 부드럽게 웃었다.

스톰은 릭이 연설을 끝낼 때까지 움직이지 않았다. 그 지구인의 머릿속에 든, 말하지 않은 생각을 살펴보고 나서야 일어났다.

"좋은 계획이군. 아주 판단이 빨라. 성공할 가능성도 꽤 있겠어. 폭력에 폭력으로 맞서는 건 언제나 도박이지⋯⋯. 어디 보자고."

그는 두꺼운 반투명 유리 테이블 같은 물건 아래의 조명을 켜고, 다이얼을 돌렸다. 곧 극지방의 3차원 총천연색 미니어처가 나타났다. 아름답게 가공한 입체 지도였다.

자파 스톰은 다시 앉아서 같은 자세를 취했다. 화면을

보는 것 같았으나, 실제 눈은 훨씬 멀리 떨어진 다른 곳을 보고 있었다.

9

 휴 세인트 존은 한숨을 내쉬고, 긴 의자에 몸을 뻗은 채 눈을 감았다.

 그는 에란 맥에게 말했다.

 "흠, 끝났어. 마지막 한 발까지 털고, 은행 계좌에 있던 마지막 크레디트까지 썼어. 난 끝났어."

 에란 맥은 아무 말도 하지 않았다. 그는 발코니 난간에 걸터앉아, 햇빛 비치는 돔 아래 펼쳐진 카호라의 편안한 일상을 내려다보며 담배를 피우고 있었다. 해적 같은 거무스름한 얼굴은 골똘히 생각에 잠겨서 그늘지고 음울했다.

 세인트 존이 멍하니 말했다.

"화성인이니 자네는 나보다 운이 좋기를 기대했는데. 하지만 저들은 자네에게도 나보다 기회를 더 주지는 않는군."

에란 맥이 고개를 젓자 귀에 달린 종이 한꺼번에 울렸다. 얼굴은 여전히 음울했다.

"뭐, 이렇게 화성이 가는군. 맥, 대체 그 사색가란 놈들은 누구고 정체가 뭐길래 아무도 만나지 못할 정도로 훌륭하시다는 거야?"

"사실은 아무도 몰라. 사색가들이 최초의 종족이라는 것 말고는. 그렇다면 그들이 원래의 화성인이라는 거고, 그러니 나머지 우리는 또 다른 곳에서 왔다는 의미지. 아니면 그들은 인간이 아니고, 진화 면에선 우리를 앞설지도 몰라. 개인적으로는, 그들이 평화롭고 편안하게 살기를 좋아해서 전설과 매혹과 두려움의 벽 뒤에 몸을 감춘, 그냥 영리한 사람들일 거라고 생각해."

맥은 대답했다.

세인트 존은 그 말에 어떻게든 웃을 힘이 났다.

"맥, 난 자네가 무엇이든 단순하게 믿는 점이 정말 좋아. 하지만 그 사색가들은 여러 차례 좋은 일을 했어."

맥은 고개를 끄덕였다.

"그건 그래. 이론상으로는 적어도 그들이 화성의 관점

을 인도하지. 굳이 그럴 마음을 먹으면 말이야. 크고 중요한 분쟁이 있어야만 그래. 예를 들면 6207년, 바다 왕들이 곤란해졌던 양쪽 반구 간의 전쟁 때처럼 말이야."

"지금 상황은 중요하지 않다고 생각해?"

세인트 존이 물었다. 에란 맥은 조용히 대답했다.

"나는…… 사색가들도 나머지 우리와 같이 나이를 먹었다고 생각해."

긴 침묵이 흘렀다. 아래에서는 도시가 소곤거렸다. 높은 돔을 통과해서 떨어지는 따뜻한 햇빛이 색색의 플라스틱 건물에 보석 같은 부드러운 광택을 더하고, 건물과 건물 사이로 거미집처럼 얽힌 인도와 차도에 섬세한 빛을 더했다. 공기는 덥지도 춥지도 않게 부드러웠고, 기분 좋은 향기가 났다.

에란 맥은 무섭도록 차분하게 욕을 하더니, 종소리를 쏟아내면서 일어섰다.

그는 으르렁거렸다.

"난 제카라로 돌아갈 거야, 휴! 난 다시 공기를 들이마시고, 사람들이 내가 남성인지 여성인지 헷갈려서 두 번씩 쳐다보게 만들지 않는 옷을 입고 싶어. 나와 같이 가겠어?"

"그래, 고마워. 나도 갈지도."

세인트 존은 하늘을 보고 웃었다. 수줍기까지 한 웃음이었다.

"대체 화성이 나에게 무슨 의미가 있어야 하는지 모르겠군. 그렇지만 마치 친구에 대한 희망을 포기하는 듯한 기분이야."

그는 플라스틱 보도를 내려다보았다.

"메이요에게 무슨 일이 생겼는지만 안다면……."

맥은 그의 어깨에 한 손을 얹었다. 세인트 존은 일어나서 맥을 따라 짐을 싸러 들어갔다.

텔레스크린이 웅웅거렸다.

"악마도 제 말 하면 온다더니."

세인트 존은 그대로 침실로 들어갔다. 진동 신호는 집요하게 계속 울렸다. 곧 진동 템포가 짧고 끈덕진 '긴급' 신호로 변했다.

세인트 존은 욕을 하며 스위치를 눌렀다. 스크린이 깜박이다가 선명해지더니, 마구잡이로 휘갈겨 쓰고 조각하고 이니셜을 박아 넣은 조잡한 공용 부스 내부를 비췄다. 부스 안에 있는 남자는 낯설었는데, 덩치가 크고 머리는 황갈색이었으며 눈은 노랬다. 지상 휴가를 내려온 우주인이 으레 입는 싸구려 실크 셔츠에 딱 붙는 바지 차림이었고, 두 손에는 붕대가 감겨 있었다.

그러나 으레 보는 우주인은 아니었다. 세인트 존은 전율이 도는 것을 억눌렀다.

"휴 세인트 존입니다."

"어크하트요. 리처드 건 어크하트."

남자가 대답했다. 그러더니 그는 밝은 색 셔츠를 젖혀서 목을 드러냈다.

"이게 뭔지 아시오?"

세인트 존 뒤에 서 있던 에란 맥이 놀란 소리와 함께 숨을 뱉었다.

"맙소사! 루의 목걸이!"

릭은 고개를 끄덕였다.

"화성을 위해. 하나로 통합된 화성. 메이요는 그게 당신이 추구하는 목표라더군."

세인트 존은 스크린 가장자리를 붙잡았다.

"메이요! 메이요는 어디 있지요? 무사하고?"

"자파 스톰에게 잡혔지만, 해를 입진 않았소. 긴 이야기지만 그건 나중에 하지. 당장은 알고 싶은 게 있소. 당신은 목숨을 걸 만큼 통합을 원하나?"

세인트 존은 길게 숨을 들이마셨다. 그는 잠시 맥과 눈을 마주쳤다.

"계속 말해봐요. 듣고 있으니."

"좋아."

릭은 루에서 벌어진 학살극을 자세히 설명했다.

"화성인들은 다 갈 작정이요. 내가 설득하면 신시가지 사람들도 합세할 거요. 스톰은 이미 여길 착취하고 있고, 사람들은 그걸 좋아하지 않지. 하지만 정면 공격으로는 충분치 않아. 누군가가 내부에서 우릴 도와줘야 해. 스톰만 잡을 수 있다면, 나머지는 쉬울 거요."

그 말에 세인트 존이 물었다.

"팰런은 어쩌고?"

"스톰이 나흘 전에 팰런을 죽였소. 스톰과 메이요, 어쩌면 금성인 바고 말고는 아무도 그 사실을 몰라. 당신이 스톰을 구슬려서 회사 콥터 데크에 착륙 허가를 받을 수 있겠소?"

세인트 존은 얼굴을 찌푸렸다.

"스톰이 메이요를 우리와 확실히 엮었는지 아닌지는 모르지만, 그자는 언제나 날 의심했을 겁니다. 솔직하게 말하죠. 스톰이 우리를 착륙시킬지도 모르지만, 그러자마자 우릴 내세로 날려 보낼 거예요."

"시도해볼 마음은 있고?"

"메이요가 거기 있다니……. 그 점은 확실한가요?"

"확실해. 그것도 나중에 말해주지."

세인트 존은 몸을 앞으로 내밀었다.

"좋아요. 다만 한 가지. 대체 당신은 누구고, 뭘 원하는 겁니까?"

릭은 붕대 감은 두 손을 들어 올렸다.

"이 손으로 자파 스톰의 목을 조르는 것."

에란 맥의 귀에 달린 종이 희미하게 울렸다.

"당신이 누군지 알아. 당신이 릭이군. 광산 지하에서 스톰이 죽이려던 남자, 메이요가 도망치게 도운 남자."

릭은 세인트 존을 지나쳐서 에란 맥을 응시했다.

"그래서?"

달아오른 황금 같은 맥의 시선이 무쇠 목걸이에 내려앉았다.

"나는 제카라 사람이야. 하지만 루의 뷰다호가 직접 그 목걸이를 당신에게 걸었다면, 그건 많은 의미가 있지."

그는 미소 지으며 어깨를 으쓱였다.

"우리가 잃을 게 뭐 있어, 휴?"

스크린 가장자리를 잡은 세인트 존의 손이 살짝 떨렸다. 그는 아직도 릭을 열심히 살피고 있었다.

"하나도 없지."

그는 조용히 말했다.

"잃을 게 없어. 좋아요, 릭. 내가 어떻게든 스톰과 약속을 잡지요. 그다음엔?"

"그다음엔 신시가지로 날아오시오. 내가 출발 준비를 해놓고 기다리고 있겠소. 그리고 빨리 하시오, 세인트 존! 뭐든 스톰 귀에 들어가기 전에, 빨리!"

한편, 자파 스톰은 정신 탐색을 끝낸 후였다. 육체적으로 강인하다고는 해도, 정신 탐색을 하면 녹초가 됐다. 화성에 사는 모든 생명체를 통틀어, 인간과 반-인간과 하위 인간종을 통틀어서 오직 그만이 극지대 도시들을 감춘 신비로운 베일 너머를, 그리고 그곳에 살고 있는 사색가들을 본 사람이었다.

자파 스톰은 마음의 눈으로 본 풍경이 만족스러웠다. 그는 바고에게 회사 방어 체계에 관해 지시를 내리고, 1인용 비행선을 타고 북쪽으로 떠났다. 그리고 하루도 지나지 않아서 지쳤지만 의기양양한 모습으로 돌아왔는데, 품에는 기묘하게 반짝이는 천으로 싼 뭔가를 안고 있었다. 작은 크기인데도 스톰의 무릎이 꺾일 정도로 무거운 물건이었다······.

릭은 휴 세인트 존과의 대화를 마친 후, 신시가지 중심가를 걸었다. 다시 밤이었다. 아무도 그가 온 것을 알아차리지 못하도록, 일부러 이 도시의 활기가 절정에 이르기를 기다린 터였다.

릭의 장화가 닿는 자리마다 황토색 먼지구름이 피어올랐다. 줄 지어선 오막집과 달개집이 무작위로 튀어나와 있는 비포장도로에는 우주인, 사광 광부, 정주자, 떠돌이, 노숙자, 도둑, 사기꾼 같은 남자들이 우글거렸고, 그에 맞먹는 여자들도 있었다. 대부분은 지구에서 왔지만, 금성이나 소행성대를 비롯하여 모든 행성 식민지 출신이 다 있었다.

중심가에 있는 건물 대부분은 술집, 그리고 비싼 오락 시설을 조잡하게 복제한 것이었다. 꿈의 궁전, 싼값에 특이한 약을 파는 가게, 몇 년 전 영화를 상영하는 3차원 영화관 몇 개, 그리고 '100가지 세계의 이국적인 미인들—광부 출입 금지' 같은 수많은 쇼. 어마어마하게 시끄러웠다.

릭은 길 한복판에서 벌어져 점점 커져가는 술꾼들 싸움을 빙 돌아 피해서 상대적으로 피난처라고 할 만한 어느 아치길에 멈춰 섰다. 그는 한동안 지켜보았다. 군중에게 긴장감이 감돌고 있었다. 아직은 아무 방향성도 없는 볼품없는 상태였다. 모두가 무장했고, 대부분은 블래스터를 차고 있었다.

그는 하늘을 올려다보고, 두 위성 사이의 거리를 가늠했다. 그는 고개를 끄덕이고 계속 걸었다. 이윽고 그는 흔들거리는 빨간 플라스틱 문 안으로 들어갔다. '용광로─화성에서 제일 뜨거운 곳'. 그리고 루의 신시가지에서 제일 큰 가게이기도 했다.

지친 얼굴의 금성 여자 한 무리가 반짝이는 에메랄드 빛 몸을 흔들며 릭이 5년 전에 지구의 로스앤젤레스에서 보았던 공연을 기계적으로 반복하고 있었다. 거칠어 보이는 취한 남자들이 공연하는 여자들 주위에 놓인 테이블에 몸을 기대고 큰 소리로 말을 걸었다. 길게 이어진 바 뒤쪽에는 온갖 행성을 아우르는 술이 놓였고, 싸구려 플로렌트 거울─살아 있는 육체가 내뿜는 적외선에만 반응하여, 흥미로운 결과를 더해 눈에 보이는 거울상으로 바꿔놓는─이 끝에서 끝까지 꽉 차 있었다.

릭은 팔꿈치로 사람들을 밀치며 안으로 들어갔다. 그는 제카라의 낮은 운하 지대에서 나온 녹색의 독주인 '틸'을 차가운 것으로 주문하고, 거울을 살피면서 그 술을 홀짝였다.

갑자기 저편에서 누군가가 고함을 질렀다.

"릭! 릭 어크하트!"

근처에 있던 다른 사람들이 그 말투에 놀라 다른 소음

이 조금 줄어들었다. 그래서 그다음 말은 또렷하게 울려 퍼졌다.

"별들이시여! 난 자네가 회사 광산에서 죽은 줄 알았어!"

'회사'라는 말이 튀어나오자 '용광로'에 시끄러운 침묵이 내려앉았다.

릭은 거울을 훑어보았다. 그의 거울상을 향해 미친 듯이 손짓하고 있는 호리호리한 근육질의 몸이 보였다.

"텍사스!"

릭은 소리치며 바 위에 섰다.

그는 지친 코러스 걸은 물론이고 모든 사람의 이목이 집중된 걸 의식했다.

그는 늘어선 머그와 유리잔을 지나쳐 바를 걸어간 후, 손을 아래로 뻗어 '텍사스'를 옆으로 끌어올렸다. 그들은 서로를 두드렸다. 텍사스는 가죽같이 질긴 피부에 뼈가 도드라진 억세면서도 선량한 얼굴, 상태 나쁜 치아, 굽 높은 장화 그리고 독특한 술 냄새가 특징이었다. 그는 세 개의 행성과 소행성대에서 식육용 짐승들을 몰았고, 릭이 우주를 떠돌면서 만난 사람 중 친구에 가장 가까운 인물이었다.

텍사스가 외쳤다.

"이런 망할, 이 양치기야! 마지막으로 구시가지에 갔을 때 그 노예상들이 자넬 잡은 줄 알았어."

릭이 말했다.

"그랬지. 하지만 광산에서 소규모 폭동을 일으켰고, 운이 좋아서 도망칠 수 있었어."

릭의 목소리는 조용히 술집 전체에 울렸다.

"이제는 스톰이 사람을 잡으러 여기로도 온다던데?."

그 물음에 대한 답으로 군중이 짐승처럼 으르렁거렸다.

"회사에선 아무도 도망치지 못하는데. 어떻게 해낸 거지?"

릭 근처에 있던 누군가가 물었다.

릭은 손목을 내뻗고는 군중을 향해 말했다.

"이 흉터 보이나? 내가 재미로 수갑을 차고 다녔을 것 같아? 그래, 난 운이 좋았어. 버려진 갱도로 달아났지. 하지만 다른 사람들은 운이 따르지 않았어. 다들 그놈들이 우리에게 뭘 쓰는지 알지. 출력을 최대로 올린 배닝 충격기야. 난 회사에서 잡아간 놈들에게 무슨 일이 생기는지 봤어! 난 막사에 살면서 광산에서 땀을 흘렸고, 살아 있는 불길에도 걷어차였지. 난 운이 좋았어. 내가 장담하지. 자파 스톰과 그놈의 깡패들을 어떻게 하지 않으면, 우리 모두 광산 구덩이에서 죽을 거야!"

군중의 소란이 가라앉고 나자 텍사스가 말했다.

"암, 그렇지. 하지만 스톰이 에이스 카드는 다 가지고 있어, 릭. 나도 그놈 머리통을 짓밟고야 싶지만, 그 안에 들어가서 그럴 수 있는 사람이 있겠어?"

"난 할 수 있어."

릭이 말했다. 그리고 탐욕스럽게 몸을 앞으로 내미는 남자들을 바라보았다.

"다들 들어봐! 며칠 전 밤에 구시가지에서 말썽이 있었다는 건 아마 알겠지. 내가 거기 있었어. 스톰이 부하들을 데리고 행진해 와서 화성의 왕과 한 무리의 지도자들을 쏴 죽이는 모습을 봤지. 화성인들은 오늘 밤에 가진 것 전부를 걸고 회사를 칠 거야. 그놈들만 재미를 보도록 둘 생각인가?"

릭은 다시 말소리가 들릴 정도로 소란이 가라앉기를 기다렸다.

"그리고 내 이것도 장담하지! 화성인들과 같이 싸우지 않으면, 우리도 끝장이야. 그런데 왜 안 싸워? 젠장, 그 자식들도 인간이고, 우리는 회사에 의해 오랫동안 착취당했잖아! 우리도 어차피 회사와 곧 싸워야 할 거야. 우리 같은 서민들이 스톰과 화성인 양쪽과 싸우면서 화성에서 얼마나 오래 버틸 수 있을 것 같아?"

릭은 사람들에게 잠시 생각할 시간을 줬다. 그리고 조용히 말했다.

"난 오늘 밤에 회사 부지로 들어갈 방법을 마련해놨어. 난 자파 스톰에게 큰 빚이 있고, 그걸 갚을 작정이야. 우리가 문을 열 때 거기 있고 싶은 사람이 몇이나 되나?"

휘두르는 주먹과 거친 함성이 공기를 채웠다. 릭이 말했다.

"이들은 자네가 맡아, 텍사스. 빠르고 조용히 데려가. 싸움이 시작되기 전까지는 화성인들과 떨어져 있게 하되, 일은 같이 해. 그 부분은 내가 다 정리해놨어. 자원자들이 이 쓰레기 더미에 있는 콥터와 핵비행선은 전부 차출하도록 해서 정문 앞의 배닝을 치워버려. 혹시 창고를 털 수 있다면 무기를 다 긁어모아. 그러면 혹시 내가 계획대로 일을 성공시키지 못한다 해도, 자네와 화성인들이 힘을 합쳐서 정문을 무너뜨릴 수 있어!"

같은 시간, 키라는 화성인들에게서 협력을 얻어내려고 노력하고 있었지만 결과는 빈약했다. 금색 누더기 차림의 도둑은 부루퉁하게 얼굴을 찌푸리고 있었다. 알고 보니 그는 고집 센 반대자였다.

"지구인들이라니!"

도둑은 코웃음을 쳤다.

"같은 대의를 위해 함께 피를 흘리면 그 사람들과 형제간이 된다. 우리가 지구 놈들과 형제가 되어야 하나?"

테이블에 둘러앉은 남자들이 큰 소리로 외쳤다.

"아니!"

그들은 총 다섯 명으로, 루의 모든 구역과 계급을 대표했다.

키라는 초조하게 허공에 날갯짓을 했다.

"이 지구인들은 당신들에게 아무 해도 끼치지 않았어요. 지금도 그럴 마음이 없고요. 그 사람들도 당신들 못지않게 회사로부터 고통받았고, 피의 빚도 지고 있어요. 우리의 법으로 그 사람들이 그 빚을 갚지 못하게 막을 수가 있나요?"

남자들은 그 문제를 생각해보았다. 도둑이 뭔가를 말하려는데, 키라가 먼저 입을 열었다.

"함께라면, 화성인과 지구인이 함께라면 우린 회사를 무너뜨릴 수 있어요. 우리에겐 무기와 힘이 생길 거예요. 따로라면 양쪽 다 실패할 거예요. 이렇게 협력하면 설령…… 설령 릭이 살해당한다 해도 우리는 이길 수 있어요."

그녀는 잠시 기다렸다가 소리를 질렀다.

"우리가 가든 말든, 지구인들은 갈 거예요! 그자들이 영광을 다 차지하게 둘 거예요?"

테이블에 둘러앉은 남자들이 일어나더니 그럴 순 없다고 울부짖었다.

"우린 싸울 거다!"

그들은 소리쳤다.

"회사를 타도하라!"

10

 릭은 수색을 거쳐 도시의 판잣집들 바로 너머에 있는 콥터장에서 세인트 존과 에란 맥을 찾아냈다.

"스톰과는 만나기로 약속했소?"

 릭이 물었다. 세인트 존이 대답했다.

"그래요. 내가 극지대 도시에서 소식을 받았다고 했지요. 스톰과 팰런에게 너무나 중요한 소식이라서 내가 겁이 날 정도라고 했어요. 그놈이 내 말을 믿었는지는 모르겠군."

"회사에 들어갈 수만 있다면 그건 상관없소."

 시간이 흘렀다. 신시가지의 소음과 움직임과 불빛이 다 죽었다. 세인트 존은 담배꽁초를 던졌다.

"지금입니까, 릭?"

"그래. 갑시다."

그들은 깔끔하고 작은 콥터에 올랐다. 에란 맥은 마지막으로 하늘을 보았다.

"두 개의 달이 딱 붙어 있어, 릭. 화성에서는 좋은 징조지. 우연인가, 아니면 이렇게 계획한 건가?"

"무슨 생각을 하는 거야? 문이나 닫고 가자고!"

그렇지 않아도 찾고 있었기 때문에, 릭은 루의 메마른 해저 바닥을 가로질러 움직이는 군중을 볼 수 있었다. 그들은 불도 켜지 않고 넓게 퍼져서, 어둠을 끌어안고 움직였다. 릭은 그들이 거친 지형과 혼란스러운 달빛에 의지하여 눈에 띄지 않고 회사 벽 가까이 갈 수 있기를 빌었다.

회사 부지는 조명이 눈부시게 밝았고, 모든 것이 완전히 가동되고 있었다. 그들이 보는 동안에도 두 척의 우주선이 항구에서 솟아올라, 혜성 같은 불의 꼬리를 끌면서 밤하늘을 가로질렀다. 작은 콥터는 로켓선이 뒤에 남긴 공기 흐름 때문에 뒤흔들렸다.

"잠깐 기다려!"

릭이 갑자기 외쳤다. 다들 놀라서 그를 쳐다보았다. 릭은 로켓의 불길을 보고 있었다.

"내가 어떻게 아는 거지? 스톰은 이전에 우리 마음을 읽었어. 그런데 내가 그걸 어떻게 알지?"

그는 중얼거렸다.

그러고는 경고도 없이 어떤 우주인의 딸과 외로운 혜성에 대한 시끄러운 노래를 부르더니, 세인트 존을 밀어내고 직접 조종간을 잡았다. 그의 두 눈이 흥분으로 불타올랐다.

"미쳤어요?"

세인트 존이 쏘아붙였다.

그러나 에란 맥은 빈틈없이 릭을 관찰했다.

"하늘과 화성에는 당신들, 지구에서 태어난 사람들이 아는 것보다 많은 것이 있지. 이를테면 텔레파시라거나."

맥은 재빨리 콥터가 새롭게 향하는 방향을 보았다.

"그러지 말고, 휴. 노래하자고!"

노래를 생각의 차단막으로 삼은 릭은 콥터를 우주항으로 몰고 가서, 우주항 외곽의 어둡고 사람 없는 구역 위에 낮게 띄웠다. 그런 다음에야 조종간을 세인트 존에게 돌려줬다.

릭이 말했다.

"스톰이 내 생각만큼 바쁘지 않았을 수도 있소. 그놈이 내 마음을 선명하게 읽고 우리 모두에게 함정을 놓았을 수도 있어. 어쨌든 나에게 더 좋은 생각이 떠올랐어. 이거면 어떻게든 될 가능성도 더 높아. 두 배의 속도로 사람들에게 돌아가서, 회사에서 떨어져 거리를 두고 머물라고 전하시오. 내가 들어간 후에 멋지게 들어오라고!"

"당신이 회사에 들어갔는지는 어떻게 압니까?"

"알게 될 거요!"

세인트 존은 얼굴을 찌푸리며 우주항을 흘끔 보았다. 릭의 턱에 힘이 들어갔다.

"릭은 도망치지 않아, 휴. 가자고."

에란 맥이 조용히 말했다.

"미안하군."

세인트 존은 퉁명스럽게 대꾸했다.

릭은 쿵 소리를 내더니 문을 나서서 3미터 아래의 땅으로 떨어졌다. 콥터는 속력을 올려서 돌아갔다. 릭은 가만히 서서 주위를 둘러보다가, 800미터쯤 떨어진 곳에 어렴풋이 보이는 발사대들을 향해 걸어갔다. 보아하니 이 은밀한 착륙을 알아차린 사람은 아무도 없었다. 애초에 그렇게 멀리 떨어져서 내릴 이유도 없었다.

그는 발사대의 크기가 작은 것을 보고 그곳에 놓인 우주선들이 회사 임원들이 소유한 개인 우주선일 거라고 판단했다. 정확히 릭이 원하는 대로였다. 주위가 캄캄한 것을 보니 당장은 아무도 찾지 않고 어디로도 가지 않을 우주선 같았다.

릭은 땅에 납작 엎드려서 마지막 몇백 미터를 기었다. 덕분에 사람 무릎 높이에서 뭐라도 움직이면 경고 빔을 발사하는 전자 눈을 피했으니, 운이 좋았다. 그는 곧 옆으로 기울어진 거대한 튜브의 그림자 아래로 들어갔다. 노예가 된 사람들이 팰러나이트를 싣고 보급품을 내리는 곳에 가까웠다.

발사대는 잠겨 있지 않았다. 굳이 잠가놓을 이유가 없었다. 릭은 안으로 미끄러져 들어가서, 2중 에어록을 통과해 우주선으로 들어갔다. 대기권 내 항행도 가능한, 다루기 쉬운 호화롭고 멋진 배였다. 릭은 서둘러야 한다는 생각에 땀을 흘리면서 로커에서 벌저로켓bulger rocket을 찾아내어 입었다. 그런 다음에 파일럿 자리에 몸을 묶고 바쁘게 작업에 착수했다.

엔진을 예열하는 요란한 소리 때문에 사람들이 이리 뛰고 저리 뛰었을 테지만, 릭은 그 광경을 볼 만큼 기다리지 않았다. 그는 튜브가 안전하게 달아오르기 한참 전에 이륙했고, 일단 우주선이 천둥 같은 소리를 울리기 시작하자 아무도 막을 수 없었다.

릭은 귀를 찢는 긴 호선을 그리면서 얇은 공기막을 벗어났다가, 우주선을 빙글 뒤집어서 회사 부지로 날아갔다. 그는 가는 길에 측정기를 주의 깊게 보면서 연료를 버렸다. 메이요의 방갈로 감옥은 행정탑에서 한참 떨어져 있었지만, 그래도 위험을 감수할 생각은 없었다.

그는 회사에 높이 접근한 다음, 행정탑과 북쪽 벽을 겨누는 폭탄처럼 우주선 코끝을 아래로 향했다. 그런 다음에 조종간을 고정하고, 점화 장치를 활짝 열고, 우주선을 탈출해서 벌저로켓의 파란 불길을 태우며 멀리 날아갔다.

그래도 폭발로 인해 릭은 공중에서 나뒹굴었다. 아름다웠다. 행정탑은 떨어진 웨딩케이크처럼 무너져 내렸고, 벽은 바깥쪽으로 쓰러졌다. 그 후에는 모든 것이 연기와 날아다니는 파편에 가려졌다.

릭은 미소 지었다. 달빛 속에 드러난 치아가 늑대처럼 반짝였다. 그는 경로를 바꾸어, 메이요가 있다는 부지 반대편을 향해 날아갔다.

그렇게 가다 보니 메마른 해저의 온갖 틈에서 사람들이 쏟아져 나와 무너진 벽으로 다가오는 모습이 보였다. 지구인과 화성인이 함께 회색 이끼를 밟고 달리며, 블래스터와 부지깽이 옆에서 장검과 낮은 운하 지대에서 쓰는 못 박힌 놋쇠너클을 같이 휘둘렀다. 이제는 화성인이고 지구인이고 할 것 없이, 그저 가슴속에 똑같은 증오를 품고 같은 장벽으로 돌진하는 사람들일 뿐이었다.

릭은 고개를 끄덕이며 생각했다.

"함께 피를 흘리면 다들 형제가 되는 거야. 잠깐만이라해도……. 그리고 나에게 필요한 건 그 잠깐뿐이야."

릭은 회사 부지의 어둡고 조용한 뒤뜰에 내려앉아서, 키라가 설명해준 지도대로 메이요의 방갈로를 찾았다. 무거운 벌저로켓을 벗으면서 그는 후들거리는 무릎과 쿵쾅대는 심장을 느끼고 웃음을 터뜨렸다. 우주선을 망가뜨린 흥분 탓만은 아니었다.

방갈로는 잠겨 있지 않았다. 그는 문을 여는 순간 방이 비어 있음을 알았다. 메이요의 이름을 부르며 방마다 뒤지다 보니 카펫 위에 아직 축축한 핏자국이 보였다. 그는 차갑게 굳었고 조용해졌다.

불규칙하게 튄 핏자국을 따라서 바깥 보도를 가로지르자, 긴급 사태에 대비하여 비밀리에 콥터를 감춰두었을 법한 작은 창고가 나왔다. 핏자국은 그곳에서 끝났다.

릭은 다시 방갈로로 달려갔다. 키라를 불렀지만 대답이 없었다. 키라에게 이곳을 감시하고 있다가, 가능하면 메이요의 탈출을 도우라고 보냈는데 말이다. 지금은 전투의 소음이 엄청났다. 스톰의 금성인들이 지구-화성 폭도들과 교착상태에 있었다. 릭은 그쪽으로 달려갔다. 다만 발의 상처가 다시 도지는 바람에 속도가 느려졌다. 가다 보니 그가 지시한 대로 광부들의 감옥 막사가 활짝 열려 있었다.

그 후에는 릭의 기억도 조금 모호했다. 그는 싸움에 휩쓸렸지만, 쏘아 죽인 상대들을 제대로 보지도 못했다. 그는 세인트 존과 에란 맥을 찾고 있었다. 그들을 보고 싶어서가 아니라, 그들의 콥터가 필요해서였다. 그는 메이요와 자파 스톰을 생각하고 있었고, 그다지 제정신이라고 할 수 없었다.

루의 신시가지와 구시가지 사람들, 그리고 해방된 노예들 앞에서 회사는 완벽하게 무너졌다. 릭이 우주선으로 벌인 곡예만으로도 끝장날 정도였고, 기운을 북돋울 스톰이 없으니 금성인들은 약해졌다. 놀라울 정도로 짧은 시간에 사방이 다시 조용해졌다. 릭은 마침내 추락한 우주선이 남긴 거대한 크레이터 가장자리에 서 있는 세인트 존과 에란 맥을 발견했다. 구덩이 한쪽 가장자리에 망가진 행정탑이 거대한 쓰레기 더미처럼 걸쳐져 있었다. 두 남자는 뒤틀린 금속 물체를 향해 몸을 굽히고 있었다. 세인트 존이 말했다.

"하늘에 맹세코…… 이런 건 생전 처음 봐. 하지만 우리가 이걸 마주할 필요가 없었던 게 잘된 일이겠지."

에란 맥은 몸을 살짝 떨면서 그 물체를 건드렸다.

"이건 죽음을 위해 만들어진 물건이야. 느낄 수 있어."

그 순간에 릭을 본 맥은 그를 부르려다 말고 깜짝 놀라서 외쳤다.

"뭐가 잘못됐나?"

"메이요. 스톰이 메이요를 끌고 갔어……. 숨겨둔 콥터가 있었어. 당신들 콥터는?"

세인트 존이 간결하게 대답했다.

"못 날아요. 파편이 날개를 때렸습니다."

세인트 존의 얼굴이 갑자기 긴장으로 하얘졌다.

"텔레스크린을 찾아서 화성 행성 정부를 바쁘게 만듭시다. 태양계 연합도요. 스톰이 화성에서 도망쳤을지는 몰라도, 착륙만 하면 잡힐 거예요."

그는 릭의 억눌린 분노를 알아보고 움찔했다.

"지금 우리가 할 수 있는 일은 그뿐입니다! 진정해요."

그들은 폭발이 미치지 않은 실험실에서 텔레스크린을 하나 찾아냈다. 세인트 존이 보고하는 동안, 릭은 쉼 없이 서성였다. 아파서 절뚝거리면서도 앉을 수가 없었다. 사무실에는 세 사람뿐이었다. 에란 맥은 문에 기대서서 담배를 피우며, 생각에 잠긴 단단한 시선으로 릭을 지켜보았다.

세인트 존이 스크린을 껐다.

"이제 사업 이야기를 합시다."

"사업은 무슨 사업. 내 관심은 메이요뿐이오."

릭은 으르렁거렸다.

"하늘에 맹세코 나도 그렇습니다. 하지만 할 수 있는 일은 다 했어요. 바깥에 우리가 화성을 어떻게 할지 알고 싶어서 기다리는 사람들이 있습니다, 릭."

릭의 입매가 비틀리며 반쯤 웃는 얼굴이 되었다.

"내 사람들이지. 내가 한데 모았고, 내가 통제해."

릭은 손가락 관절로 '루의 목걸이'를 때렸다.

"화성에 힘 말곤 다른 법칙은 없어. 스톰도 그걸 알았지. 이제는 내가 그 힘을 가졌어. 당신이 지나치게 걸리적거리지만 않는다면 나도 당신과 협조할 마음이 있고, 난 스톰처럼 횡포를 부리진 않을 거요."

세인트 존이 말했다.

"그래야 한다면 또 달라지겠죠. 아니면 마음이 내켜도 달라질 거고. 그래서 이젠 화성이 당신의 장난감인 겁니까?"

릭의 얼굴이 굳어지고, 고양이 같은 차가운 눈이 위를

향했다.

"난 메이요에게 화성을 목에 걸어주겠다고 했소. 그것 말고는 화성을 어떻게 해야 할지 몰라. 어쨌든 나에게 최선으로 보이는 일을 해야겠지. 화성이나, 당신이나, 알게 뭐람!"

그는 절뚝이며 스크린으로 걸어가서 스위치로 손을 뻗었다.

"콥터를 구할 수 있을지 모르겠군."

그는 에란 맥이 울리는 희미한 종소리를 들었다. 그리고 종소리가 갑자기 커지자 몸을 돌렸다. 손과 발에 남은 상처 때문에 움직임이 서툴렀지만, 그렇다 해도 에란 맥이 무거운 총신으로 그의 머리를 때렸을 때는 블래스터를 거의 뽑은 상태였다. 릭은 그대로 바닥에 쓰러져서 움직이지 않았다.

세인트 존이 입술을 핥았다.

"그러면 안 되는 거였어, 맥."

쉰 목소리가 나왔다.

"왜 안 돼?"

화성인은 완벽히 침착함을 유지하며 빠르고 효율적으로 릭을 묶었다.

"이 녀석은 어린아이처럼 무책임한 데다가, 호랑이와

노는 것처럼 위험해. 이 녀석이 지배하면 5년 후에 화성이 어떤 모습일지 생각해봐."

세인트 존은 천천히 고개를 끄덕였다.

"야만스러운 황제란 전쟁과 잔인함밖에 가져오지 않지. 하지만 릭이 없었다면 우린 이기지 못했을 거야."

"그렇긴 하지만, 자기 자신을 위해서 한 일이야. 너나, 화성을 위해서가 아니라."

맥은 일어나더니 손끝으로 종을 흔들면서 찌푸린 얼굴로 릭을 내려다보았다.

"이 녀석을 어떻게 할지가 더 문제군. 죽이고 싶진 않고, 릭의 개인적인 추종자들도 생각해야 해. 저 망할 놈의 목걸이!"

그러다가 맥은 손가락을 튕겼다.

"실험실에서 산성 용액 좀 가져다줘. 그거면 목걸이의 잠금쇠를 열 수 있을 거야. 그 목걸이만 없으면 릭은 화성인들에게 아무것도 아니고, 지구인들에게는 릭이 회사 돈 수백만 크레디트를 가지고 달아났다고 하면 돼. 그러면 영영 끝나는 거지."

"더러운 수법이야, 맥!"

세인트 존이 항의했다. 화성인은 참을성 있게 대꾸했다.

"때로는 더러운 공격으로 깨끗한 승리를 거둘 수도 있

는 거야. 리처드 건 어크하트가 아니라 화성을 생각하라고! 어서, 휴! 움직여!"

휴 세인트 존은 움직였다.

11

 리처드 건 어크하트는 한참이 지나서야 정신을 차렸다. 그는 정신적인 경련 같은 것을 연이어 겪으며 천천히 깨어났다. 경련에 더해서 머리가 추처럼 흔들린다는 사실, 입안에 느껴지는 죽은 개구리 같은 맛 덕분에 그는 화성의 마약인 '챠모'에 당했음을 알았다.

 겨우 고개를 들어 본 머리 위 지붕은 어느 우주선의 선실 천장이었다. 오랜 훈련을 통해 릭의 무의식은 바깥에서 뚫고 들어오는 소리를 재빨리 가늠하고 분석했다. 이 우주선은 항구에 있었고, 화물 적재는 했지만 아직 발사대에는 오르지 않았다.

 정신이 휘청거렸다. 그는 서둘러 깨어나고 싶지 않았

다. 그런데 오른쪽 손목이 침대 기둥에 수갑으로 묶여 있었다. 그 사실을 알아차리고 나니 여러 가지가 떠오르기 시작했다. 챠모 때문에 멍청한 상태이기는 했다. 생각을 연결하려니 물리적인 힘을 쓰는 것처럼 땀이 났지만, 마침내 상황을 이해한 그는 소리를 지르며 일어나 앉았다. 마음은 뒤흔들렸고 눈은 분노와 절망에 불타고 있었다.

아무도 대답하지 않았다. 선실 문은 닫혀 있었고, 그는 혼자였다. 그는 한동안 수갑을 가지고 씨름하다가 포기하고, 평화와는 거리가 먼 고요한 상태로 가라앉았다.

침대 머리맡 협탁에 놓인 편지가 보였다.

수신자는 릭이었다. 그는 편지를 뜯어 읽었다.

릭,

이게 더러운 술수라는 점은 인정하지만, 넌 우리에게 선택의 여지를 주지 않았어. 한 세상의 미래가 너나 우리보다 더 중요하지. 그러니…….

지구 최초의 태양계 은행 뉴욕 본점에 네 계좌로 5만 크레디트를 넣어뒀어. 머리에 남은 혹을 치료하는 데 도움이 될지 모르겠군. 다시 화성에 돌아오려고 하진 마. 화성인들이나 테라인들이나 네 행동에 대해 앞뒤가 맞는 비난을 들었으니, 아마 널 보기만 하면 쏠 거야. 게다가 너도 말했듯이, 화성에는 힘 말고 다른 법칙이 없지. 이제 그 힘은 우리가 가졌어. 현명하게 판단하고, 머리통 잘 간직하라고.

- 에란 맥

추신도 있었다.

메이요는 걱정하지 마. 메이요를 돕기 위해서라면 우리도 무슨 짓이든 할 테니까.

릭의 입술이 말려들며 으르렁대는 이가 드러났다. 그는 편지를 구겨서 집어던졌다. 갑자기 몸이 격렬하게 아팠다. 그는 한동안 식은땀만 뚝뚝 떨구며 조용히 누워 있었다. 바깥에서 선적하는 소리가 귀로 흘러들었다. 엔진 소리, 윈치 소리, 남자들이 내지르는 고함, 무거운 짐이 쿵 내려앉거나 부딪치는 소리.

그는 몸을 일으켜 다시 소리를 지르기 시작했다.

이윽고 한 소년이 쟁반을 들고 들어왔다. 삼각지대를 다니는 수많은 우주선의 심부름꾼과 비슷했다. 낡은 양말이 헐렁하니 발목에서 겉돌았고, 얼굴에는 포획됐지만 광포한 짐승과도 같은 습관적인 경계의 표정이 떠올라 있었다. 소년은 릭의 손이 닿지 않는 곳에 쟁반을 내려놓았다. 릭이 물었다.

"내가 어디 있는 거지?"

"제카라 항구."

소년은 릭의 몸집과 어른다운 강인함에 감명받은 듯이 그를 관찰했다.

"어떤 우주선?"

"메리 엘런 도. 지구행이야. 서너 시간 후에 이륙해."

릭은 수갑을 무시하고 일어섰다.

"그렇다면 몇 분 안에 발사대에 들어간다는 뜻이군. 그 후엔 내가 나갈 방법이 없고! 선장을 데려와."

"어림없어. 이륙하기 전에는 나 말고 아무도 여기 못 들어와. 그게 명령이었어. 게다가 다들 바빠."

소년은 다시 문으로 몸을 돌렸지만, 붕대를 감은 릭의 커다란 갈색 손에 관심을 두는 눈치였다.

릭은 몸의 긴장을 풀고, 소년의 눈 아래 자주색 멍을 가리키며 히죽 웃었다.

"네게도 전투의 흉터가 있군. 보나 마나 여자를 두고 벌인 싸움이겠지."

여자 문제가 아니었다. 요리사가 숙취에 절어 때린 자국이었다. 그러나 소년은 자랑스럽게 가슴을 폈다.

"그래. 아주 매력적이기도 했지. 마담 칸의 집에서 일어난 일이야. 거기 가봤어?"

"말이라고. 화성에서 최고지."

"괜찮은 수준이지. 하지만 난 여기 화성 여자들이 별로야. 너무 깡말랐어."

소년은 거들먹거리며 말했다.

"그건 맞다. 성질도 더럽지."

릭은 얼굴을 찡그렸다.

"젠장, 머리 빠개지겠네! 누가 나한테 약을 먹인 거야?"

"난 몰라. 그놈들이 떠메고 들어왔을 때 당신은 정신이 나간 상태였어. 그게 사흘 전이었지. 아주 깊이 들이마셨나 봐!"

"그렇겠지."

추측하기 어렵지도 않았다. 에란 맥이 그를 쓰러뜨리고는 약물에 절여두었던 것이다. 그렇다면 루의 목걸이를 가져간 것도 에란 맥이 틀림없었다. 릭은 소년에게 갑자기 친밀한 시선을 던졌다.

"거기 문 좀 걷어차서 닫고 이리 와봐라. 너한테 할 이야기가 있어."

"그 수갑을 풀 열쇠는 나한테 없어."

"그건 나도 알아. 들어봐, 저기 저 편지를 집어 들고 읽어봐라."

소년은 조심스럽게 그 말에 따랐다. 그러더니 눈이 튀어나올 듯 커졌다.

"5만 크레디트라니! 세상에!"

소년은 쉰 목소리로 말했다.

"그 돈이면 마담 칸의 가게를 살 수 있지."

"아니야."

소년은 조용히 말했다. 어딘가 달라진 얼굴로 먼 곳을 보고 있었다.

"아니야. 난 선장 면허증을 딴 다음에 내 배를 살 거야. 배의 일부만이라도. 어쩌면 멀리 나가는 배…… 소행성대, 어쩌면 목성까지도 나가는 우주선으로."

"넌 그걸 가질 수 있다, 꼬마야."

소년은 몸을 돌리고 릭을 쳐다보았다. 입매가 부루퉁하게 비틀렸다. 그리고 소년은 나가려고 했다. 릭이 말했다.

"난 진심이야. 들어보라고, 이 솜털 꼬리 달린 얼간아! 난 그 쥐꼬리만 한 5만 크레디트보다 더 큰 걸 가지고 놀고 있어. 발사대에 오르기 전에 이 배에서 나가지 못하면, 난 굉장히 중요한 걸 잃게 돼. 그러니까 5만 크레디트에

이 수갑 열쇠를 사겠다고 제안하는 거야."

소년은 그를 빤히 바라보았다. 그리고 세 번이나 입술만 달싹이다 겨우 말을 뱉어냈다.

"열쇠가 없다니까."

"나도 우주선 심부름꾼 일은 해봤다. 넌 열쇠를 가져올 수 있어."

소년은 두 손으로 머리와 얼굴을 문질렀다. 숨 쉬기가 힘든 눈치였다. 소년은 불쑥 외쳤다.

"그런 짓은 못 해! 당신을 보내주면 난 죽도록 두들겨 맞을 거야. 그리고 약속한 보상도 못받겠지."

"그 편지 줘봐라."

릭은 주머니를 뒤져서 몽당연필을 찾아냈다. 소년은 여전히 가까이 다가오지 않고 구겨진 종이를 침대에 던졌다.

"네 이름이 뭐지?"

"얀시. 윌리엄 리 얀시야. Y-A-N-C-E-Y."

소년은 철자를 덧붙였다.

릭은 구겨진 편지를 편 다음, 그 뒤에 조심스럽게 글씨를 써서 다시 던졌다. 소년은 눈을 크게 뜨고 그 내용을 읽었다.

관련이 있을 누군가에게. 윌리엄 리 얀시는 나에게 5만 크레디트 가치가 있는 일을 해줬다. 지구 최초의 성간 은행 뉴욕 본점(뒷면을 볼 것)에 있는 내 계좌는 윌리엄 얀시에게 준다.

- 리처드 건 어크하트

소년의 두 눈에 천천히 뜨거운 빛이 깃들었다. 소년은 그 종이를 돌돌 말아서 몸에 숨겼다.

"기다려."

소년은 그렇게 말하고 나갔다.

릭은 기다렸다. 기다림은 천년이었고, 심장은 갈비뼈 사이에 난 구멍과 같았다. 그는 선실 벽을 노려보았지만, 보이는 것이라고는 마지막으로 기억하는 메이요의 얼굴뿐이었다. 그녀의 하얀 피부 위에 떨어진 릭의 땀과 핏방울이 보석처럼 반짝이던 모습, 슬픔과 두려움과 사랑이 가득 담겨 있던 어두운 눈동자.

소년이 돌아왔고, 열쇠를 가져왔다.

"선장의 여벌 바지에서 몰래 빼냈어."

소년은 씩 웃었다.

"지금 예인선을 걸고 있으니까, 서둘러야 해."

릭은 우주선을 발사대에 붙잡아 넣기 위해 고정하는

예인선의 강력한 전자기음을 들을 수 있었다. 고정되기까지 몇 시간이 걸리기는 하겠지만, 예인이 시작된 후에는 배에 오를 방법도, 내릴 방법도 없을 것이다.

수갑이 철컥 열렸다. 릭은 수갑을 던져버리고 소년과 같이 문으로 향했다. 복도에는 아무도 없었다. 직책 있는 자들은 선교에 있고, 일반 승조원들은 발사용 해먹에 몸을 묶고 있었다. 때로는 발사대에 안착할 때가 이륙할 때보다 더 덜컹거렸다.

우주선 전체에 경고음이 울렸다. 에어록은 이미 닫혀 있었다. 소년은 릭의 소매를 잡아끌었다.

"쓰레기 배출구. 이쪽이야."

그들은 뛰었다. 릭의 발은 여전히 뻣뻣하게 부어 있었지만, 움직일 만은 했다.

그들은 배출구를 찾아내어 몸을 집어넣고, 압축 공기에 부드럽게 날려 내려갔다. 예인선들이 거대한 선체를 들어 올려 움직이느라 귀가 멀 듯한 굉음을 냈다. 아무도 메리 앨런 도의 선체 아래 어둠 속으로 빠져나가는 두 사람을 보지 못했다. 아직 새벽은 아니었다. 데이모스는 서쪽 하늘로 저물고 동쪽에서는 아직 해가 뜨지 않은 시각이었다.

릭은 우뚝 솟은 빈 발사대 그늘에서 멈췄다가, 소년이

사라졌음을 알았다. 릭은 비딱한 미소를 지었다. 그는 생각했다.

'내가 두들겨 패고 편지를 다시 가져갈까 봐 못 믿은 거로군. 그래. 뭐, 영리하게 생각 잘했어.'

그는 곧바로 소년과 5만 크레디트를 잊고, 콥터를 훔칠 가장 안전하고 빠른 방법을 궁리했다. 우주인 복장으로 무사히 통과할 수도 있겠지만, 에란 맥과 세인트 존이 텔레스크린을 통해 릭의 얼굴을 신나게 내보냈다면 이야기가 달랐다. 그는 결국 어깨를 으쓱였다. 어떤 위험은 감수하는 수밖에 없었다.

그는 똑바로 서서 지나치게 빠르지는 않은 걸음으로, 이곳에 원래 속한 사람인 척 걸어갔다. 딱 한 번 멈춰서서 주먹 쥔 손에 딱 맞는 무거운 폐품 조각을 하나 집었을 뿐이다. 그에게는 차갑고 세상을 등진 분위기가 있었다. 냉혹하게 집중하는 표정이었다.

콥터 이착륙장은 로켓 이착륙장에서 2.5킬로미터쯤 떨어져 있었다. 두 개의 이착륙장과 거대한 창고, 격납고, 수리장 사이를 지프차가 빠르게 오갔다. 이 이른 시각에도 제카라 항구는 깨어나서 번잡하게 움직였다. 오래지 않아서 지프차 한 대가 속도를 늦추더니, 운전사가 릭에게 타라고 손짓했다.

거절하면 더 위험할 터였다. 우주인들이란 가능하다면 걷지 않는 족속이었다. 릭은 차에 올랐다.

어스름 속에서 불분명한 검은 형체로만 보이는 운전사는 작은 차를 난폭하게 몰아서 콥터장으로 달려가며 말했다.

"막 들어왔나 봐, 친구?"

"맞아."

"그렇다면 그 뉴스는 못 들었겠군."

"글쎄."

"테라 개발 회사가 눈 깜박할 사이에 쓰러졌지 뭐야. 우리 편 사람들이 드디어 정신 차리고 직접 제재를 가한 거야. 한동안은 그 회사가 이 망할 행성을 전부 소유하는 것 같더니, 이제는 우리 같은 서민에게도 기회가 생기겠어. 사방이 난리야. 그 사람들이 같이 세우는 이번 새 정부는 괜찮아."

운전사는 갑자기 웃음을 터뜨렸다.

"문제라면 우리가 화성 놈들과 묶였다는 것뿐이지. 흠, 뭐 그놈들 행성이긴 하니까. 내가 내 몫을 챙길 수만 있다면 상관없어!"

릭이 말했다.

"그래. 그거 좋군."

"나한테는 좋지."

이제 갑작스럽게 화성의 새벽이 다가오며 빛이 점점 강해졌다.

"그런데 그 어크하트란 놈은 좀 이상하지. 릭이라고 하는데 말이야. 모두에게 화성의 미래에 대해 실현되기 힘든 희망을 잔뜩 불어넣고 싸움을 붙이더니만, 회사 금고에 든 돈을 다 챙겨서 친구들을 버리고 날랐다잖아. 목걸이도 챙겨 갔다는군. 화성 놈들에게 성스러운 물건이라던데. 그놈은 목숨 부지하고 싶으면 다시는 화성에 오지 않는 게 좋을 거야."

릭은 아무 말도 하지 않았다. 아직도 콥터 이착륙장은 너무 멀었다.

운전사는 계속 떠들었다.

"수많은 사람이 여기에 땅을 살 거야. 도시를 짓고, 흙을 다시 비옥하게 만들어야지. 그래, 화성엔 멋진 미래가 있어. 나도 지구에서 아내와 아이들을 데려올 거야. 할 일이 잔뜩 있을 테고, 우리가 해낸다면 뭔가 의미가 있을 거야. 혹시 또 모르지. 내 아들이 언젠가 화성 행성 정부의 대통령이 될지도!"

그는 릭을 돌아보았다.

"그쪽도 한 조각 사지 그래? 늙어서 중력에 허리가 굽

는 것 말고 우주에는 미래가 없어…….'

운전사의 목소리가 작아지더니, 눈이 커졌다.

"어이, 어이. 너, 넌…… 릭 어크하트로군!"

릭은 준비해두었던 쇳덩이로 그 남자를 때렸다. 하지만 운전사도 억센 사람이었고, 빠르기도 했다. 잽싸게 몸을 비틀고도 반쯤 의식을 잃기는 했지만, 경적 위로 엎어지면서 겁먹은 염소처럼 요란한 소리를 울렸다. 그것도 작은 우주선만큼 큰 염소가 내지르는 소리 같았다. 다른 지프차의 운전사들이 속도를 늦추고 주위를 돌아보기 시작했다.

릭은 운전사를 걷어차서 바닥에 떨구고 운전대를 직접 잡았다. 누군가가 소리를 질렀다. 다른 차도 경적을 울리기 시작했다. 지프차들이 방향을 틀고는 붉은 모래바람을 일으켰다. 릭은 조절판을 세게 밟았다.

아직 남은 챠모의 약기운 때문에 다른 감정이 모두 억제되어, 마음먹은 곳으로 가고야 말겠다는 굳은 결심이 오히려 더 강해졌다. 완전히 미친 자만이 그런 일을 해낼 텐데, 릭이 그런 사람이었다. 그는 다른 자들이 비키거나 말거나, 경적과 조절판을 세게 누르면서 전속력으로 콥터 이착륙장을 향해 달렸다.

그리고 그자들은 비켜섰다. 몇 명은 휴지 한 장도 찢

겨 나갈 정도로 차의 바퀴끼리 스쳐 아슬아슬했지만, 어쨌든 비켰다. 그들은 상대가 서 있거나 말거나 신경 쓰지 않는 운전사를 상대로 끝까지 버틸 만큼 미친 사람들이 아니었다.

릭은 콥터 이착륙장 가장자리를 부수고 들어갔다. 그때쯤에는 사방에 경보가 울리고 사람들이 뛰어다니고 있었지만, 아무도 정확히 무슨 일인지는 알지 못했다. 아스팔트 위에 늘씬하고 빠른 작은 콥터 한 대가 예열 중이었다. 릭은 그리로 향했다. 그의 지프차 앞에서 놀란 정비공 세 명이 흩어졌다. 릭은 지프차가 달려가게 내버려두고 뛰어내렸다.

콥터 소유주가 반대쪽에서 나왔다. 정비공들이 다가왔다. 엄청나게 시끄러웠다. 릭은 여전히 쇳덩이를 쥔 채로 어깨를 구부렸다. 그는 정비공 두 명을 때려눕혔다. 다른 정비공은 의식은 있지만 어지러워서 일어나지 못했고, 콥터 소유주는 릭을 쳐다보더니 달아났다.

릭은 다른 누군가가 뭐라도 해볼 만큼 접근하기 전에 이륙했다.

그리고 엔진을 최대로 돌리면서 멀리 보이는 낮은 산맥으로 방향을 잡았다. 뒤쪽에서는 여섯 대인가, 일곱 대쯤 되는 다른 콥터가 날아올라 분노의 추격을 시작했다. 릭은 한 손으로 텔레스크린을 조작했다. 그리고 잠시 귀를 기울이다가 미소 지었다. 내용이 재미있어서는 아니었다.

그가 우주선 메리 엘렌 도에서 탈출했다는 사실이 발각되었고, 선장이 고래고래 그 사실을 알리고 있었다. 지프차 운전사도 살아나서 누가 자기를 때렸는지 말했고, 콥터 운항관리사는 콥터 도둑에 대해 광범위하게 경고를 뿌리고 있었다.

그런 다양한 알림이 화성 순찰대와 휴 세인트 존에게 전해졌다. 릭은 화성에서 어떤 일이 이렇게 빠르게 움직이는 모습을 본 적이 없었다. 운전사 말이 옳았다. 지금 화성은 어크하트에 대해 상당한 감정을 품고 있었고, 그중에 우호적인 감정은 없었다.

릭은 화성이 뭘 하는지 알기 위해 스크린을 켜놓았다. 화가 나서 시뻘게진 얼굴의 남자들이 호출에 응답하라고 반복해서 외쳐댔다. 그는 송신기를 꺼두었고, 욕을 할 만큼도 신경 쓰지 않았다.

추적하는 콥터가 꼬리에 붙었지만, 릭은 운이 좋았다. 따라오는 콥터 중에서 그를 앞지를 정도로 좋은 물건은 없었다. 아래에 산맥이 펼쳐졌다. 붉은색의 닳고 닳은 황량한 봉우리들 사이에 흉터처럼 내려앉은 계곡은 늙은이의 듬성듬성한 치아 같았다. 릭의 황갈색 눈썹 사이에도 깊은 계곡이 파였다.

추적자들이 릭을 잡지는 못했지만, 그렇다고 추적을 떨쳐낼 수는 없었다. 그의 위치는 화성 전역에 방송되고 있었고, 곧 화성 순찰대의 비행선이 날아올 것이며, 어쩌면 세인트 존의 비행선도 몇 대쯤 올 것이다. 릭이 연료를 보급하러 내려앉을 법한 착륙장은 모조리 폐쇄할 것이다. 이 콥터가 릭에게 그리 큰 도움이 될 것 같지는 않았다.

그는 풍경을 관찰하면서 모든 사실을 검토해보았다. 가슴이 답답해졌지만 공황에 빠지진 않았다. 그저 냉정하게 기회를 가늠해볼 뿐이었다.

수신기에 화성어로 빠르게 지껄이는 교신이 들어오기 시작했다. 화성 순찰대가 위치를 알리고, 가까이 다가오고 있었다.

릭은 지쳐 늘어진 봉우리들 저 아래 사막에서 일어나는 붉은 구름을 보았다. 그는 웃음소리 같기도 한 숨소리를 내고는 방향타를 걷어찼다. 작은 콥터는 빠듯한 호선을 그리면서 하늘을 가로질러 요란하게 도망치다가, 몇 분 후에는 모래폭풍 한가운데로 뛰어들었다.

12

✶

 모래폭풍 깊숙이 뛰어든 릭의 콥터! 그것은 고독한 바람과 바람이 서로 만나서 싸우기 시작할 때 느닷없이 폭발하는, 성나 울부짖는 캄신(이집트 사막에서 봄에 강하게 불면서 많은 모래 먼지를 운반하는 건조하고 뜨거운 바람—옮긴이) 같은 폭풍이었다. 바람은 이제 산 위로 올라가면서 먼지 망토를 마주 몰아치고 있었다. 조금만 안정성이 부족한 기계였다면 10분 만에 땅에 처박혀 부서졌을 것이다. 하지만 릭을 태운 작은 콥터는 이 징벌을 용감하게 버텨내며, 뒤틀린 공기 흐름에 이리저리 튀면서도 바람이 미는 대로 움직이되 그 바람을 타고 날았고, 자동 안정 장치 덕분에 수평을 유지했다. 릭은 아예 자동 조종으로 고정해두었다. 콥터는 혼자서도 잘 날았다.

선반에 표준형 비상 탈출 장비가 있었다. 그는 멜빵을 비끄러매고, 두꺼운 천을 묶어 얼굴을 단단히 가리고서 해치로 뛰어내렸다.

그는 숨 막히는 모래 휘장으로 떨어졌다. 모래가 온몸을 휘감았다. 그를 때리고 찢고 찌부러뜨리면서 그의 옷 속으로, 눈으로, 입으로, 코로 들어왔다. 그는 탈출 장비의 피스톤을 눌렀다. 그는 빠르게, 너무 빠르게 떨어지고 있었다. 폭풍의 굉음이 어마어마하다 보니 수소보다 가벼운 합성 기체가 풍선을 부풀리고 있는지 아닌지 소리로 확인할 수 없었다. 눈으로 확인하는 건 어림도 없었다.

떨어지는 속도가 늦춰진 것은 멜빵에 걸린 압력으로 알 수 있었다. 안도감이 찾아오자 식은땀이 났다. 릭은 낮은 고도에서 뛰어내릴 때도 낙하산에 의지해야 했던 옛 시절을 생각했다. 압력 탱크를 누르면 3초 만에 부풀어서, 공중에서 겪을 수 있는 어떤 위협에서도 살아남게 도와주는 합성천을 생각해낸 알 수 없는 누군가가 고마웠다.

콥터는 빈 몸으로 폭풍을 빠져나갈 테고, 운이 따른다면 추적자들은 그 콥터를 따라가느라 시간을 꽤 낭비할 터였다. 그때쯤이면 릭은 산속에 몸을 숨길 수 있었다. 바람이 그를 끝도 없는 절벽에 패대기치지만 않는다면 말이다.

그런 일은 일어나지 않았다. 풍선은 갑자기 위아래로 흔들리면서 폭풍 가장자리로 밀려갔다. 조도가 달라진 것을 눈치챈 릭은 천 밖으로 눈을 드러내고는 손가락 사이의 가느다란 틈으로 앞을 보았다. 흐릿하게, 발아래 물속에 잠긴 바위 그림자처럼 아주 흐릿하게 울퉁불퉁한 산봉우리가 보였고, 앞에는 단단해 보이는 거대한 산이 불쑥 다가왔다.

그는 무릎을 가슴팍으로 접고, 높은 곳에서 떨어질 때처럼 구부린 다리로 충격을 받아냈다. 충격이 몸을 울리긴 했지만, 큰 피해는 없었다. 그는 침식된 바위에 필사적으로 매달린 채, 풍선에서 기체를 배출하는 줄을 잡아당겼다. 바람이 풍선을 잡아끌었고, 또 풍선은 그의 멜빵을 잡아끌었다. 곧 바위에 매달린 손가락에서 피가 흘렀지만, 그래도 그는 버텼다. 1~2분을 버티자 바람 빠진 풍선이 펄럭거리며 내려앉았다.

끽해야 몇 킬로그램짜리였지만, 릭은 극도로 조심스럽게 멜빵을 벗어서 낙하산을 떨어뜨렸다. 그런 다음에는 그저 바위를 끌어안고 기다렸다.

폭풍은 나타났을 때처럼 갑작스럽게 사라졌다. 벽이 있는 곳마다 붉은 모래만 쌓여 있었다. 일부는 사막의 모래였고, 일부는 바람이 절벽을 새로 갉아 먹어 떨군 흙이었다. 하늘에는 비행체 하나 없었다. 릭의 발아래에는 협곡이 하나 있었고, 복잡한 작은 계곡이 지류처럼 밖으로 뻗어나가고 있었다. 가고 싶은 곳 어디로든 이어지거나, 아무 데로도 이어지지 않거나, 죽음으로 이어지는 계곡이었다.

릭은 주의 깊게 태양의 위치를 판단한 다음, 아래로 내려가기 시작했다.

그는 어려움 없이 협곡 바닥에 도착했고, 가고 싶은 방향으로 뻗어 있는 계곡을 골라서 걷기 시작했다. 최대한 조용히 걸었고, 자주 멈춰 서서 귀를 기울였다. 예전에 화성에 여러 번 와본 데다가 화성 출신의 우주 쥐새끼들과 협력한 경험도 있다 보니 이 행성에 누가, 혹은 무엇이 사는지는 꽤 잘 알고 있었다.

여기는 셔니 땅이었고, 그보다 예전에는 알 수 없는 무언가였다. 화성에서 '예전'이란 길고도 긴 시간을 뜻했다. 앞쪽 어딘가 낮은 언덕을 넘으면 발키스라는 낮은 운하 마을이었는데, 이 지역은 극도로 범화성주의가 강했다. 릭은 이곳, 행성 반대편에서 '루의 목걸이'에 대해 어떻게 생각하는지 알지 못했다. 하지만 그들이 지구인에게 품은 감정은 추측할 수 있었다. 여느 지구인이 아니라 리처드 건 어크하트라는 지구인이라면 특히 알 만했다.

계곡은 목적 없이 구불구불 이어졌다. 더웠다. 건조했다. 릭의 혀가 부어오르기 시작했고, 곰팡이 핀 깃털 같은 맛이 났다. 콥터에는 물이 하나도 없었다. 아직 정비가 끝나지 않은 상태였을 것이다. 발이 욱신거렸다. 사방이 조용했다. 계곡의 높은 벽 아래, 머리 위에 좁게 펼쳐진 하늘 조각을 보고 있으려니 죽어서 무덤에 들어갔는데 아직 흙이 덮이지는 않은 상태 같았다. 시간이 흐르면서 릭은 언제든 얼굴에 흙이 한 삽 떨어질 것처럼 느꼈다. 챠모의 잔재가 그의 정신에 기묘한 영향을 미쳐 온갖 상상을 부풀렸다.

그는 마침내 길이 날카롭게 꺾인 지점에 도달했다. 왼쪽 벽에 창문처럼 갈라진 틈이 있었고, 그 틈을 통해서 비탈진 언덕들 저편, 느릿느릿 움직이는 흐릿한 운하 옆에 웅크린 마을이 보였다. 황토색 누더기를 걸치고 앉은 늙디늙은 노파 같은 모습이었다.

그곳이 발키스였다. 발키스는 나쁜 마을이었다. 도둑들의 거래소였고, 현상범들의 은신처였으며, 죄악이 모여드는 싱크홀이자, 수많은 여자와 적지 않은 남자가 갔다가 다시는 소식을 들을 수 없는 곳이었다. 그러나 그곳에 갖춰진 것이 있었다. 적어도 그렇다고 알려졌다. 착륙장과 위장된 격납고 몇 개, 그리고 정직한 남자라면 절대 소유하지 않을 비행기를 감춰놓았다고 말이다. 화성 순찰대의 비행선도 건드릴 수 없는 고성능 개조 엔진을 단 날렵한 콥터가 있다고 했다.

릭은 매서운 고양이 같은 눈으로 그 마을을 살펴보았다. 이제는 잠시 휴식을 취할 수 있었다. 나중에, 밤이 되면 어둠을 틈타 언덕 비탈을 내려가서 사냥을 하자. 그리고 그 후에는…… 흠, 그때는 계획을 짤 시간이 있으리라.

숨어서 잠을 잘 만한 안전한 곳을 찾아야겠다고 생각하면서 몸을 돌렸더니, 남자들이 소리 없이 그를 에워싸고 있었다. 숨소리도, 샌들이 바위를 긁는 소리도, 가죽끈이 스치는 소리도 듣지 못했건만, 그들은 와 있었다.

그들은 양쪽에 있었다. 무표정하니 근엄하고 강한 눈빛을 한, 키 크고 단단한 얼굴의 근엄한 남자들. 손에는 가시창을 들었고 허리띠에는 단검을 꽂았으며 올리브 빛 피부와 자주색 섞인 올리브 빛 머리카락에는 힘있는 동물적 광채가 도는, 셔니 야만인이었다.

릭과 그들은 한동안 말없이 서로를 관찰했다. 마침내 몸집이 큰 사내 하나가 턱짓으로 바위틈 너머의 발키스를 가리켰다.

"발키스에 가고 싶은가, 릭이라는 이름의 지구인?"

"날 아나?"

"화성의 모두가 너를 알지. 예언자는 지구와 화성을 통합할 남자의 모습을 모든 마을에 보냈거든."

릭은 고개를 끄덕였다.

"난 발키스에 가고 싶다."

셔니 거한은 위엄 있게, 천천히 고개를 끄덕였다.

"우리는 발키스 사람들의 형제와도 같다. 너는 그리로 갈 것이다."

릭은 눈을 깜박였다. 남자들이 여전히 조용하게, 그리고 엄숙하게 거리를 좁혔다. 릭은 천천히 두 손을 들고 계곡 벽에 등을 기댔다.

"이봐, 난 지쳤어. 무기도 없고. 한동안은 더 맞고 싶지 않을 만큼 두들겨 맞기도 했지. 살살 대해주면 나도 착하게 굴게."

그들은 그를 살살 다뤘다. 깊고 오래된 증오가 영혼에 박힌 야만인들치고는 아주 너그러웠다. 지나치게 너그러웠다.

그리고 그들은 발키스 사람들에게 형제와 같았다.

잠시 후, 황량한 언덕 협곡을 구불구불 내려가던 릭은

셔니 사람들의 무표정하고 근엄한 눈 속에 아주 깊은 감정이 깃들어 있다고 생각했다. 그들이 굉장히 행복한 사람들이라는 생각이 들었다. 그들은 빠르게 저무는 땅거미와 함께 발키스에 도착했다. 릭의 발 상태 때문에, 대부분 시간 동안 셔니인들은 창과 가죽 로브로 조잡하게 만든 들것에 그를 실어 나르다시피 했다. 마치 릭이 쉬면서 힘을 되찾기를 바라는 것 같았다. 하지만 묶어놓기는 했다.

릭은 텔레파시 메시지 같은 것이 먼저 도착했으리라 짐작했다. 좁은 길거리도, 납작한 집의 지붕도, 그런 집 사이의 어두운 골목 입구도 사람으로 꽉 차 있었다. 쥐새끼 같은 얼굴의 작고 유연한 남자들은 현란한 누더기를 걸쳤고, 작은 여자들은 땋아 늘인 검은 머리와 귀와 발목에 종을 달아서 어두운 길거리 여기저기에서 속삭이듯 장난스럽게 음악을 연주했다.

말 거는 사람도, 조롱이나 욕설도 없었다. 릭은 셔니인을 근위대처럼 양쪽에 거느리고 꼿꼿하게 걸었다. 화성인들은 에메랄드와 토파즈 같은, 흰자위라고는 보이지 않는 가느다란 눈을 하고는 그를 지켜볼 뿐 아무 소리도 내지 않았다. 마지막 햇빛이 서쪽 하늘로 사라지더니, 어둠이 내리자 북소리가 울리기 시작했다.

앞쪽 어딘가 마을 중심에서 나는 소리였다. 힘찬 권위를 담은 북소리가 여섯 번 울리더니 조용해졌다. 그 소리가 신호였다는 듯, 군중이 거리로 쏟아져 들어와서 말없이 셔니인들을 뒤따르기 시작했다. 딸랑딸랑 종소리가 아름다운 웃음소리처럼 정적 속에 퍼졌다.

북소리가 다시 울렸다. 다시 여섯 번이었다. 그러더니 갑자기 하프 소리가 치고 들어왔다. 낮은 운하 지대에서 연주하는 작고 기묘한 2단 하프로, 인간의 신경에 참으로 유해한 공감을 일으켜서 음악이라기보다는 마약처럼 작용하는 악기였다. 북은 색다른 리듬으로 복잡하게 울리기 시작했다. 발키스 사람 모두가 숨을 들이마셨다가, 길게 내쉬었다. 리처드 건 어크하트는 눈을 내리뜨고 무표정한 얼굴로 흔들림 없이 걸었다. 등 뒤로 묶인 두 손이 차가웠다. 피부에는 땀이 흘러내렸고, 곧 오른쪽 얼굴의 근육이 발작적으로 경련하기 시작했다.

그는 마을에 들어서면서 운하 북쪽에 위치한 착륙장을 보았다.

그들은 느닷없이 물가에 도착했다. 가라앉은 석조 강둑 사이로 느릿느릿 시커멓게 흘러가는 물. 그들은 북쪽으로 방향을 틀었고, 앞쪽 저편에는 밤하늘을 배경으로 오렌지 빛으로 타오르는 횃불이 보였다. 집으로 에워싸인 광장이 나왔는데, 헤아릴 수 없는 세월 동안 샌들 신은 발이 밟아서 포장이 움푹 파여 있었다.

북을 치는 사람도, 하프를 연주하는 사람도 그곳에 있었다. 형태만 갖춘 옷을 걸친 늙은 여자들로, 색칠도 장식도 없이 온몸을 드러냈고 머리마저 깨끗하게 민 모습이었다. 그들은 의식용 춤에 푹 빠져서 눈을 번들거렸고, 숨을 쉴 때마다 가죽 같은 어깨가 날카롭게 씰룩거렸다.

그들은 거대한 돌판 주위에 반원을 그리고 웅크려 앉았다. 그 돌판은 땅 위로 30센티미터도 올라가지 않은 곳에 있었고, 수많은 손이 쓰다듬었는지 검게 반들거렸다. 그리고 그 아래로 내려가는 돌계단이 있었다.

릭은 찌르는 듯한 시선으로 잠시 주위를 둘러보며 벗어날 방법을 찾으려 했지만, 찾지 못했다. 사람도 너무 많고, 병력도 너무 많았다. 그들이 묶은 손을 풀어주고, 걸을 수는 있지만 뛰지는 못하게 걸어놓은 밧줄도 제거해 줄 때까지 기다려야 했다. 셔니인은 단 한 순간도 도망칠 기회를 주지 않았다.

그들은 릭을 데리고 계단을 내려갔다.

그는 발키스의 신에 대해 들었던 이야기를 기억해냈다. 그저 잡담거리, 우주에서 나누는 하릴없는 소문에 불과했다. 발키스는 비밀을 잘 지켰다. 그래도 사람들은 이야기를 나눴고, 그 이야기들은 아름답지 않았다.

어둠 속을 한참 내려가다 보니 사원처럼 생긴 네모난 지붕의 긴 건물 안에 있었다. 지붕은 땅딸막한 돌기둥이 떠받치고 있었다. 릭은 열기부터 느꼈다. 화성은 차가운 세계였는데, 이 지하는 금성처럼 뜨거웠다. 줄 지어선 기둥 사이에 놓인 둥근 접시에서 불이 타올랐는데, 이곳도 민머리 노파들이 돌보고 있었다.

불만 타는 게 아니었다. 수증기도 있었다. 그는 어딘가에서 뜨거운 벽돌 위로 물이 떨어져 치직거리는 소리를 들을 수 있었다. 숨겨진 운하 줄기였다. 그곳에서 일어난 숨 막히는 수증기 구름이 사방으로 퍼져서 돌이나 사람이나 할 것 없이 땀으로 번질거렸다. 음악 소리는 이제 희미해져 멀리서 퍼지는 메아리 같았다.

군중들이 사원 바닥에 파인 커다란 구덩이 주위로 밀려 들어왔다. 깊이가 4미터에 가까운 구덩이였다. 비어 있었고, 깨끗했다. 구덩이 벽에는 문이 네 개 달렸는데, 진홍빛 비단 커튼으로 가려놓았다.

셔니인이 릭을 그 구덩이 가장자리에 멈춰 세우더니, 처음으로 누군가가 말했다.

발키스의 시장, 아니면 최고 사제, 아니면 둘 다일 것도 같은 남자가 다가와서 릭 앞에 섰다. 지구인을 위아래로 훑어보는 그에게서 순수한 증오가 증류해서 눈에 보이는 오라처럼 퍼질 지경이었다.

"저자를 봐라. 저자를 봐!"

그 남자는 릭을 보면서 속삭였다.

돌벽이 그 속삭임을 받아서 모두 들을 수 있게 증폭시켰다. 모두 릭을 보았다.

"화성에 그림자를 드리우다니! 외지의 지배가 드리우는 그림자, 우리 세상과 우리 사람들을 죽이려는 그림자겠지. 저자를 봐! 도둑이자 거짓말쟁이, 우리의 목에 멍에를 씌우고 그 자리에 못 박아버린 놈이다! 하지만 저자에게 통합 같은 것은 없었지."

늑대가 이빨을 핥는 것 같은 소리가 울려 퍼졌다.

릭은 미소 지었다. 웃고 싶은 기분이어서는 아니었다.

"너희에겐 참 안됐군, 그렇지 않나? 새로운 정부는 출발하자마자 너희들을 바퀴벌레처럼 없애버리겠지. 너희가 화내는 것도 놀랍지는 않아. 법이라고는 없는 옛 방식이 훨씬 나았으니까."

릭이 말했다.

작은 남자는 뒤로 물러서더니, 악마처럼 정확하게 릭의 허리띠 아래를 걷어찼다.

"지구인을 풀어서 구덩이에 내려라. 조심해서 내려."
이번에도 셔니인은 아주, 아주 친절했다…….

13

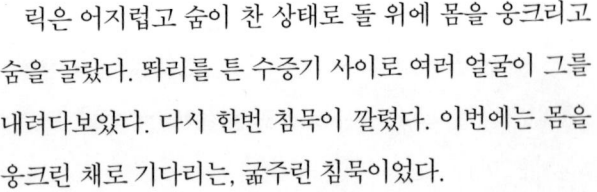

 릭은 어지럽고 숨이 찬 상태로 돌 위에 몸을 웅크리고 숨을 골랐다. 똬리를 튼 수증기 사이로 여러 얼굴이 그를 내려다보았다. 다시 한번 침묵이 깔렸다. 이번에는 몸을 웅크린 채로 기다리는, 굶주린 침묵이었다.
 뜨거웠다. 저지대 정글에서나 느낄 법한 무겁고 후덥지근한 열기였다. 공기는 죽은 듯이 움직이지 않은 채, 땀냄새만 코를 찔렀다. 이제 그 사이로 다른 냄새가 풍기기 시작했다. 썩은 땅이 풍기는 짙고 어두운 냄새였다. 흙 말고 다른 것들로 기름진 땅의 냄새. 선인장과 버석버석한 관목 말고는 자라지 않는 화성의 메마른 공기에는 낯설기 그지없는 냄새였다.

다음 순간, 릭은 그 향기를 알아차렸다.

변변찮은 냄새들 위로 스며드는 그 향기는, 베이스 소리 위로 날아오르는 한 줄기 바이올린 소리처럼 선명하고도 날카로웠다. 멀리서 풍기는 것처럼 희미했으되, 릭의 온 신경을 뒤흔들었다.

마치 '9,000가지 환락의 거리'에 있는 여자들이 입는 향수 같았다. 몸을 벗고 영혼에 향수를 뿌릴 수 있다면 말이다. 그 향기는 릭이 아는 모든 감각적인 쾌락에 더해 알지 못하는 즐거움까지 약속했고, 그러면서도 상스러운 데라고는 없었다. 천사들이 사랑을 나눌 때 걸칠 법한 향기, 떨리는 은빛 깃털에서 풍길 법한 달콤한 향기였다.

그는 여전히 구덩이에 혼자 있었고, 여전히 아무 소리도 없었다. 진홍빛 커튼은 모두 움직임 없이 걸려 있었다.

릭은 화가 나서 입매를 굳혔다. 그리고 눈치채지 못하게 사람들의 얼굴을 흘긋거렸다. 그들은 눈도 깜박이지 않고, 드러낸 이를 불빛에 반짝이면서, 얕은 숨을 빨아들이며 기대에 차서 기다리고 있었다. 예전에도 여기에 와보았고, 무엇이 오는지 알고 있다는 뜻이었다.

사람을 좀먹는 건 그 기다림이었다. 그 침묵과 궁금함이었다. 릭의 오른뺨 근육이 다시 경련했다. 그는 반듯하게 일어서서 일부러 구덩이 중앙으로 걸어갔다. 그리고 모두 그의 손이 떨리지 않는다는 사실을 볼 수 있게 천천히 담배를 입에 물고 불을 붙인 다음, 성냥불 위로 길고 느긋하게 연기를 뿜어냈다.

그 모습은 릭의 생각보다 훨씬 깊은 인상을 남겼다. 화성에는 담배가 없었다. 담배를 키울 기후도 아니었지만, 흙도 없었다. 담배는 아직 새롭고 놀라운 물건이었다.

화성인 몇 명이 기침하기 시작했다. 담배 연기가 안개 같은 공기에 무겁게 달라붙었고, 화성인의 기관지는 담배에 익숙하지 않았다. 릭은 씩 웃고는 화성인 쪽으로 담배 연기를 더 뱉어냈다.

갑자기 구덩이 주위에 날카로운 숨소리가 울려 퍼지더니, 얼굴들이 안쪽으로 움직였다. 담배와는 무관한 움직임이었다. 그들은 릭 뒤의 무엇인가를 보고 있었다.

릭이 몸을 홱 돌리자, 메이요 맥콜이 거기 서 있었다. 마치 비단 커튼을 뚫고 막 걸어 나온 듯한 모습이었다.

그녀는 목과 어깨가 드러나는 찢어진 녹색 작업복을 입고 있었고, 쏟아지는 불빛을 받아 머리카락이 붉게 반짝였다. 얼굴에는 땀과 핏방울이 맺혀 있었다. 릭을 바라보는 그녀의 눈동자에 그녀의 마음이 고스란히 담겨 있었다.

릭은 입술을 벌렸지만, 아무 말도 나오지 않았다. 그는 잠시 멍하니 서 있다가 메이요를 향해 걸어갔다. 처음에는 천천히 걷다가, 점점 빨라져서 달리다시피 했다. 붕대 감은 두 손이 뻗어나가고, 별안간 두 뺨에 눈물이 흘렀다.

"사랑해, 릭."

메이요가 속삭이더니 커튼 뒤로 뒷걸음질쳐서 사라졌다.

릭은 그녀의 이름을 부르며 진홍빛 비단을 찢었다. 그 너머에는 얕은 벽감만 있었고, 비어 있었다. 단단한 돌이 릭의 목소리로 그를 조롱했다. 그는 돌을 때렸다.

"메이요!"

그가 외치자, 화성인들이 잔인하게 웃음을 터뜨렸다.

릭은 몸을 반쯤 웅크리고 이를 드러낸 채 몸을 돌렸다. 두 눈은 미친 사람처럼 번쩍였다. 화성인들이 기다린 게 그것이었다. 그게 게임의 일부였다.

"메이요, 메이요! 어디로 간 거야? 어떻게 여기에 왔고, 왜 달아난 거지?"

그의 영혼이 울부짖는 것 같았다.

취한 것처럼 구덩이가 빙빙 돌았다. 열기, 저주받을 열기 때문이다! 그리고 그 향기!

"진정해, 리처드 건 어크하트! 진정해······. 안 그러면 바보짓을 하고 말 거야!"

그는 스스로에게 말했다.

몸이 흔들거렸지만, 그는 알지 못했다. 그는 담배를 아직 쥐고 있다는 사실을 알아차렸다. 손가락에 감긴 붕대에 딱 붙어서 떨어지지 않은 것이다. 그는 담배를 한 모금 더 빨았다. 담배 연기가 뭔가 작용을 했다. 좋은 쪽인지, 나쁜 쪽인지는 몰랐다. 어쨌든 담배가 화성인이 피운 역겨운 향기를 죽였다.

시야 바깥에서 뭔가가 움직이는 것을 보고 몸을 돌리자, 두 번째 문 안에 키라가 서 있었다.

키라는 날개를 활짝 펼치고 발끝으로 서 있었다. 날개에도, 커다란 검은 눈에도 오팔 같은 빛이 진하게 감돌았다. 키라는 웃는 얼굴이었고, 그 손에는 '루의 목걸이'가 들려 있었다.

지켜보던 화성인들에게서 짐승 같은 가는 울음소리가 솟아올랐다. 순수한 증오를 목으로 낸 듯한 소리였다. 그 소리가 릭에게도 그와 같은 감정을 일으켰다. 목걸이는 그의 눈앞에서 점점 커지면서 키라를 압도하고, 구덩이를 압도했다. 목걸이는 화성만큼 커졌다. 그 목걸이가 곧 화성이었다. 키라가 말했다.

"난 예언을 알아요. 당신의 그림자가 화성에 드리운다는 예언. 화성에 죽음 대신 생명을. 당신의 생명…… 당신의 생명력은 정말 강해요."

릭은 그 말을 거의 듣지 못했다. 두개골 속에서 피가 천둥처럼 흘렀다. 키라도, 메이요도, 모든 것이 뜨거운 욕망의 홍수에 잠겨버렸다. 화성. 권력. 부. 우주 쥐새끼로 태어나서 꼭대기에 올라선 남자, 리처드 건 어크하트.

릭은 화성인들에게 웃음을, 흉포한 웃음을 터뜨렸고 세 행성과 열두 가지 언어의 욕설로 그들을 조롱했다. 목걸이의 흐릿한 무쇠 요철이 붉게 반짝였다. 졸고 있는 눈동자 같기도 했고, 정복자를 기다리며 죽어가는 화성 같기도 했다.

그는 목걸이를 잡으려 손을 뻗었다.

목걸이는 그의 손가락 사이로 미끄러졌다. 키라가 미소 지으며 커튼 속으로 사라졌다.

이번에도 릭은 소리를 지르며 커튼을 잡아 찢었다. 이번에도 얕은 벽감만 있을 뿐, 릭의 손에는 단단한 돌밖에 닿지 않았다.

다시 한번 화성인들이 웃어댔다.

릭은 비틀거리며 구덩이 중앙으로 돌아갔다. 이제 그는 소리를 지르지도, 욕을 하지도 않았다. 가늘게 뜬 텅 빈 눈으로 아래를 내려다보는 얼굴을, 수증기에 에워싸여 뜨거운 보석과 하얗게 반짝이는 이만 점점이 드러내고 있는 어두운 프레스코 같은 얼굴을 보았다. 그는 두려웠다.

문제의 향기가 부드러운 불길 같은 손가락으로 그의 후각 신경을 어루만졌다. 기분이 좋았다. 그 향기가 온몸에 감각적인 기쁨의 물결을 퍼뜨렸다. 그럼에도 그 향기가 그에게 가해지는 고문의 일부였기에 그는 두려웠다. 그 감각이 즐거웠기에 더욱 그랬다. 릭의 내면에 깃든 짐승이 표면으로 기어올라 와서 말했다.

"덫에 놓는 미끼야."

릭은 담배를 쥔 손을 들어 올리려다가, 그제야 자신이 네 발로 엎드려 있음을 깨달았다. 그 사실이 무엇보다 두려웠다. 그는 축축한 공기 속에서 천천히 익어가는 기분으로 열심히 엉덩이를 끌었다. 어지럽고 속이 울렁거리기는 해도 다시 일어설 수 있었다.

일어서고 보니 세 번째 문 앞에 벌거벗은 여자가 서 있었다. 하얀 어깨 위에 구릿빛 곱슬머리를 늘어뜨리고, 비밀스러운 웃음을 입술에 머금은 녹색 눈의 여자였다. 그 여자가 커튼을 살짝 젖히자, 그 너머에 9,000가지 환락의 거리가 보였다. 등불 빛이 휘황했고, 눈에 익은 문에서 따스한 빛이 흘러나왔다. 목소리와 말다툼과 음악과 술 냄새가 인간적이고 안전했다.

9,000가지 환락의 거리, 리처드 건 어크하트가 예언도 없고 적도 없고 운명도 없이, 그저 내일의 숙취만 안은 우주 쥐새끼 릭이었던 곳. 탈출구…….

뭔가가 그에게 말하고 있었다.

"돌아가서 그냥 다시 릭이 돼. 화성도, 목걸이도, 메이요라는 여자도 잊어. 제대로 취해서 다 잊어버리고, 네 머리통도 그만 괴롭혀. 무엇보다도, 여기서 탈출하는 거야!"

여자가 고개를 젖히더니, 어깨 너머로 릭을 보면서 물러났다. 릭은 따라갔다. 그는 어린아이처럼 울고픈 충동을 억누르며, 비틀비틀 휘청이면서 기다리라고 외쳤다. 여자는 비웃듯이 곱슬머리를 흔들더니 릭 앞에서 얼룩덜룩한 그림자 아래로 달아났고, 릭은 그 뒤를 따라 달려갔다.

그는 텅 빈 벽에 머리부터 들이받기 직전에 위에서 터지는 심술궂은 웃음소리를 들었다. 그는 망연하니 쓰러졌다. 여자도, 환락의 거리도 사라졌고 그곳에는 다른 입구와 마찬가지로 텅 빈 벽감만 남았다.

릭은 가만히 누워 있다가 울기 시작했다. 입매에서 긴장이 풀리고, 어린아이처럼 침이 흘렀다.

향기가 릭을 달랬다. 마치 위로하는 여자의 손가락 같

앉다. 어머니의 손가락. 그의 마음속에 네 번째 문의 그림이 떠올랐다. 그 문을 넘어가면 쉴 수 있을 것이다. 향기도 그곳에서 흘러나왔다. 그는 홀로, 평화롭게 커튼 너머 어둠 속으로 갈 수 있었다. 잠들 수 있었다. 잊을 수 있었다.

그는 아주 천천히 손발을 짚고 일어나서 네 번째 문으로 기어가기 시작했다. 이제는 아무 소리도 들리지 않았다. 화성인들은 숨도 멈춘 것 같았다.

뭔가가 계속 릭의 마음을 다시 깨우려고 했다. 어떤 냄새, 악취, 그를 홀리는 향기와 충돌하는 익숙한 악취였다. 그는 깨어나고 싶지 않았기에, 그 냄새를 무시하고 계속 기었다.

그는 네 번째 문에 도착해서 진홍빛 커튼을 걷었다. 그의 앞에는 가파르게 아래로 떨어지는 검은 통로가 있었다. 그 통로에서 향기가 뿜어져 나왔고, 그 향기 아래로 갑자기 짙은 흙냄새가 강하게 풍겼다. 릭은 잠재 기억 때문에, 왜 그러는지도 모르면서 손을 뻗어 허공을 더듬었다. 통로는 정말로 거기에 있었다.

그는 통로로 기어들어 갔다. 진홍빛 커튼이 등 뒤로 닫히면서 들려온 마지막 소리는, 화성인들이 언덕 위에 올라선 봄의 늑대들처럼 요란하게 웃어젖히는 소리였다.

비탈을 기어들어 가기는 쉬웠다. 반쯤은 미끄러지기도 했다. 조금만 더 있으면 잠들어서 잊을 수 있었다……

통증이, 손가락 사이를 사납게 그슬리는 통증이 느껴졌다. 그 통증은 릭의 뇌를 감싼 약물 구름을 뚫고 들어왔다. 밀어내려고도 했지만 통증은 뇌를 찌르고 베면서 떠나지 않으려 했고, 내키지 않아도 몸의 반사 반응이 통증에 대해 뭐라도 하려고 싸웠다. 릭이 손을 들어 올리자, 다시 한번 날카로운 냄새가 그를 공격했다. 어둠 속에 작은 빨간 불빛이 보였다.

손가락 사이에 낀 담배꽁초가 타들어 가서 부드러운 살을 태우고 있었다. 붕대도 타고 있었다.

그는 꽁초를 비벼 끄고 손을 붙잡았다. 통증 덕분에 머리가 맑아졌다. 기억이 되살아났다. 구덩이 속에서 벌어지던 수수께끼 같은 고문, 그를 지켜보던 화성인들. 끓어오르는 분노가 통증을 도왔다. 그러다가 그는 갑자기 향기가 강해진 것을 인식했고, 그 무시무시한 효과도 같이 찾아왔다. 그것은 마약이었고, 다시 릭을 붙잡고 있었다.

그는 천천히 통로를 미끄러져 내려가고 있었다.

그는 장화로 반대쪽 벽을 세게 밀면서 아래를 내려다보았다. 까마득히 아래에 형광 빛이 어른거리고, 어떤 공간이 슬쩍 보였다. 그리고 꽃이었다……!

사랑스러운 하얀 꽃이 변덕스러운 바람에 흔들리고 있었다. 한없이 아름다운 꽃이 향기를 뿜어내며 그를 불렀다.

꽃들이 속삭였다.

"이리 와! 와서 잠들어!"

"너희는 뭐지? 어디에서 온 거야?"

릭이 물었다. 웅얼대는 답이 돌아왔다.

"세상이 젊었을 때는 우리도 많았지. 우린 녹색 정글에서 자랐어. 우린 인간이 서서 걸어다니기 전에 화성을 지배했지."

그렇다면 고대 어느 때인가 발키스 사람들이 이 꽃을 발견했을 것이다. 어딘가 잘 감춰진 화산 온천 옆에 단단히 붙어 있던 꽃 한 줌을. 사람들이 그곳에 사원을 지었고, 꽃은 계속 살았다.

그 꽃은 아름다웠다. 그 꽃은 상냥했다. 그 꽃에서는 좋은 냄새가 났다.

릭은 그들에게 좀 더 미끄러져 내려갔다. 머리가 빙빙 돌았다.

릭은 꽃에게 물었다.

"내가 어떻게 메이요를 본 거지? 저 밖에서 본 그것들은 뭐였어?"

"우린 사람 마음속에서 가장 중요한 심상을 빼내어 그걸 보게 만들어. 사람이 가장 원하는 장면을 보여주지."

생각이 뚝뚝 끊겼다.

"왜?"

릭은 졸음에 취해서 물었다.

"이리 와. 이리 와서 잠들어."

꽃이 말했다.

잠……. 향기 사이로 짙고 검은 흙냄새가 물씬 올라왔고, 릭의 몸속에 있는 동물의 본능이 그 흙이 무엇으로 비옥해졌는지 알렸다.

그는 미끄러져 내려가는 몸을 막으려고 미친 듯이 발에 힘을 줬다. 두려웠다. 이제 사실을 알았지만, 너무 늦었다. 약물이 그의 마음을 점령했고, 싸울 수 없었다.

그는 다시 미끄러지기 시작했다.

화상을 입은 손이 바위를 문지르자 아팠다. 담뱃불에 입은 화상. 담배. 구덩이에서는 담배가 도움이 됐다. 조금이지만……. 어쩌면 담배도 약물이다 보니 다른 약물과 싸우는지도 몰랐다. 시도해봐서 나쁠 것도 없었다.

그는 더듬더듬 담뱃갑을 꺼냈다. 붕대 때문에 손놀림이 어색한 데다, 떨리기까지 했다. 그는 담뱃갑을 떨어뜨렸다. 담뱃갑은 통로로 미끄러져 내려가다가 꽃 사이에 떨어졌다.

"이리 와. 와서 잠들어."

꽃이 말했다.

그는 주머니를 마구 뒤졌다. 열에 들떠서, 헐떡이면서. 그러다가 담뱃갑에서 떨어져 잊힌 채로 부서진 담배 한 개비를 찾아냈다.

그는 그 담배도, 성냥도 떨어뜨리지 않게 조심했다.

그는 담배 연기를 들이마시고 또 들이마셨다. 구역질이 났지만, 담배 냄새가 향기를 조금은 밀어내 생각이란 걸 할 수 있게 해줬다. 또렷하지는 않아도 그만하면 충분했다. 통로를 다시 기어오를 만큼은 먹혔다. 그는 조금씩, 조금씩 장화로 돌을 밀고, 가끔 나타나는 돌 틈에 손톱을 밀어 넣고, 뱀이 비늘을 대고 미끄러질 때처럼 근육을 써서 기어 올라갔다. 그러지 않으면 죽음뿐이었기에.

꽃은 화가 났다. 꽃은 굶주려 있었다. 꽃이 졸음을 부르는 향기 구름을 던졌지만, 거슬리는 담배 연기가 그 구름과 맞서 싸웠다. 릭은 커튼 뒤에 자리한 평평한 공간에 도착했고, 녹초가 된 몸으로 덜덜 떨면서 그 자리에 누웠다. 담배는 다 써버렸다. 그는 얼굴을 사납게 내리치고, 화상 자국을 누르고, 정신을 차리기 위해 뭐든 했다.

바깥 사원에는 타닥타닥 불이 타는 소리밖에 없었다.

릭은 커튼 사이로 바깥을 보았다. 구덩이 가장자리에서 흡족해하던 얼굴은 사라졌다. 그들은 오래 기다리지 않았다. 기다릴 게 없기도 했다. 그 통로에서 살아 돌아온 사람이 아무도 없었으니까. 릭은 밖으로 나가 벽을 찬찬히 살폈다.

불을 지피던 늙은 여자들도 구덩이를 주시하지는 않을 터였다. 그들은 따뜻한 곳에 깡마른 무릎을 옹송그리고 앉아서, 자신들도 머리카락에 작은 종을 달아 이글거리는 눈의 남자를 낮은 운하 옆에 자리한 어둑한 방으로 불러들이던 시절을 꿈꾸고 있을 것이다.

오래된 벽이었다. 헤아릴 수도 없을 만큼 오래됐다. 돌을 쌓은 후에 살짝 움직이기라도 했는지 표면이 고르지는 않았다. 벽을 타고 올라갈 만했다. 화성인들이 영향을 받지 않은 것을 보면, 기압 때문에 구덩이 아래쪽으로 꽃향기가 몰렸을 것이다. 올라가기만 하면 안전할 것이다.

그는 가물가물한 두뇌를 깨우려고 입술을 깨물고 벽을 올랐다.

영겁 같은 시간이 흐른 후에 벽 위에 도착한 그는 식은땀에 뒤덮인 채 헉헉거리며 돌바닥에 누웠다. 몸이 심하게 떨리기 시작했다. 서서히 머리가 맑아졌다.

사원 안은 아주 고요했다. 수증기가, 그림자와 악의가

가득할 뿐이었다. 늙은 여자들은 불가에 웅크리고 앉아 꿈을 꾸며, 이따금 주름진 어깨를 움찔거렸다. 마치 누군가의 손이 자기네 피부를 쓰다듬는 것처럼 움직였다. 릭은 벽을 따라 끝없이 이어지는 기둥 뒤의 흔들리는 어둠 속을 이동하기 시작했다.

그는 계단에 도착해서 살금살금 위로 올라갔다. 광장에서 북과 하프를 연주하던 이들도 사라지고 없었다. 광장을 둘러싼 길거리에서는 가차 없고 시끄러운 발키스의 삶이 계속 이어졌으나, 이 광장 자체는 종교적인 성지인 모양이었다. 지금은 아무도 없었다.

릭은 운하의 검은 물로 조용히 미끄러져 들어가서 북쪽으로 헤엄치기 시작했다. 여기저기 불빛이 물 위를 환히 밝혔다. 운하 옆으로 늘어선 집 앞 강둑에는 사람들이 떼 지어 모여 있었다. 하지만 릭은 헤엄을 잘 쳤고, 아무도 그를 보지 못했다. 그는 착륙장 가장자리에서 물 밖으로 몸을 끌어냈다.

주위에는 아무도 없었다. 누구든 있을 이유가 없었다. 릭은 쇳조각을 하나 찾아내어 제일 가까운 격납고 자물쇠를 뜯어 열었다. 안에는 콥터가 한 대 있었다. 불법 개조 엔진을 단 작고 날렵한 물건이었다.

화성에 릭이 가고자 하는 곳은 단 한 곳뿐이었다. 그는 근일점을 향해 질주하는 혜성처럼 그리로 날아갔다.

그는 케어 히브라로 갔다.

14

해가 지기 직전에 겨우 케어 히브라가 보였다. 대리석 첨탑이 휘몰아치는 모래에 거의 잠겨 보이지 않는 상태였다. 그는 얼룩지고 금이 갔으나 균형은 완벽하게 유지하고 있는 거대한 테라스에 착륙해 콥터에서 내렸다.

그는 바닥을 밟기도 전에 이 섬 왕국의 날개 달린 작은 주민에게 둘러싸였다. 이번에는 여자가 한 명도 없었다. 남자들의 작은 상앗빛 얼굴은 준엄했고, 그들의 털 돋힌 작은 손에는 연필 같은 튜브가 들려 있었다.

릭은 두려움을 느끼지 못했다. 내면의 요구를 제외하면 그 무엇도 느끼지 못했다.

"키라가 여기 있나?"

지도자가 천천히 고개를 끄덕였다. 아무도 입을 열지 않았다. 수많은 날개가 황량한 바람 속에서 스산하게 바스락거렸다. 모래가 그들의 발아래 대리석에 밝은 깃털 패턴을 새겨놓았다.

"키라를 만나야겠어."

릭이 말했다. 지도자는 다시 고개를 끄덕였다.

"그게 키라의 소원이었고, 죽어가는 이의 소원은 들어줘야 하는 법. 지구인이여, 네가 케어 히브라를 살아서 떠나는 것도 그런 이유에서다. 따라오라."

'죽어간다'는 말이 릭에게 충격을 주었다. 그 말이 마비된 마음속을 가르더니 꽂혔다. 그는 움찔하며 울부짖었다.

"키라!"

대답은 없었다. 작은 남자들이 따라오라고 손짓했다. 그는 그 말에 따랐다.

키라는 부드러운 모피 더미 위에 누워 있었다. 메마른 바다 저편을 볼 수 있는 탑 위 높은 곳이었다. 그녀는 릭을 향해 두 손을 내밀며 미소 지었다.

"당신이 올 줄 알았어요."

릭은 손쉽게 짓이겨지는 꽃을 대하듯 부드럽게 그 손을 잡았다.

"어떻게 된 거야? 꼬마 아가씨, 뭐가 잘못된 거야?"
등 뒤에서 지도자가 말했다.
"그 검은 지구인이 키라를 태웠다. 살지 못할 것이다."
키라의 손가락이 릭의 손을 힘주어 잡았다.
"난 그들을 따라갔어요, 릭. 당신이 메이요를 지켜보라고 날 보냈으니까, 그렇게 했어요. 메이요를 잡아가는 걸 막진 못했지만, 그들의 비행선을 따라갔어요. 비행선이 너무 빨라서 놓쳤지만, 계속 북쪽으로 날아갔더니 한참 후에 다시 보였어요. 비행선이 있는 곳으로 내려갔더니, 얼음 돔에서 자파 스톰이 나왔고 나를 봤어요. 하지만 내가 조종장치를 망가뜨렸어요, 릭. 내가 돌로 쳐서 망가뜨렸으니까, 그자의 비행선은 날 수 없었죠. 그리고 어두워서, 지구인의 눈에는 심하게 어두운 시간이어서, 난 달아났어요."
키라는 릭이 너무 멀리 있어서 제대로 볼 수 없다는 듯이 가까이 끌어당겼다.
"당신을 찾으러 루로, 회사로 다시 가려고 했어요. 하지만 그렇게 멀리 날 수는 없었어요. 그럴 수가 없었어. 당신이 여기로 올 줄 알았어. 단지 너무 늦을까 봐 두려웠죠."
릭은 키라 옆에 무릎을 꿇었다. 그는 어깨 너머로 남자들을 돌아보았다.

"나가라."

릭은 말했다.

남자들은 화가 나서 한동안 움직이지 않았다. 릭의 노란 눈이 독특한 빛을 발했다. 키라는 동족이 있다는 사실도 잊고 있었다. 이윽고 그들은 돌아서서 그 방을 나갔다.

키라가 말했다.

"북쪽이에요. 북쪽, 얼음 돔 아래에 있는 극지대 도시들."

"내가 있었더라면 네게 그런 일을 시키지 않았을 텐데."

릭이 속삭였다.

석양의 장밋빛 햇살이 키라의 얼굴에 떨어져서 창백한 상아색 피부에 온기를 더했다. 커다란 두 눈에서 부드러운 광채가 빛났다.

"나 때문에 슬퍼하지 마요, 릭."

그는 아무 말도 하지 않았다.

"난 슬프지 않아요. 내가 오래 살지는 못했지만, 살아서 더 바랄 것도 없어요. 릭, 난 당신을 사랑했고, 어떤 면에서는 우리 둘도 짝지어진 셈이었어요. 그렇죠? 난 당신이 새로운 세상을 만들게 도왔어요. 아주 작은 도움이긴 해도 그랬어요. 한 행성을 살려낸 여자가 그리 많지는 않아요. 안 그래요, 릭?"

"맞아."

"난 그 새로운 세상에 살 거예요. 우린 재생을 믿어요. 언젠가 내 영혼은 새로운 몸으로 태어날 테고, 과거를 기억할 거예요. 내 기억이 나에게 말해줄 거예요. '내가 한 일이야. 릭과 함께 내가 한 일이야.' 그리고 난 행복할 거예요."

키라는 갑자기 릭의 셔츠 지퍼를 더듬어 끌어내렸다. 그리고 릭의 가슴에 손을 얹었다.

"정말 힘차게 뛰네요. 심장 고동을 느낄 수 있어요. 이게 화성이에요, 릭. 넘치는 활력과 힘, 그리고 우린 너무나 지쳐 있었죠."

릭은 몸을 굽히고 키라에게 입맞췄다. 그런 다음 키라 옆에 누워서 어린아이처럼 키라를 품에 안고, 키라의 머리를 어깨에 기댔다. 키라는 미소 지으며 잠들었다.

태양은 메마른 사막 아래로 저물고, 마치 그 여운 속에서 태어난 것처럼 서쪽 하늘에서 포보스가 떠올랐다. 데이모스가 밤마다 벌이는 짝짓기를 위해 동쪽에서 행진할 무렵, 릭은 이제 그가 일어나서 떠나더라도 키라의 잠이 방해받지 않으리란 것을 알았다.

그는 키라를 다시 모피 둥지에 눕혔다. 예기치 않게도,

잊고 살았던 어린 시절의 기억 속에서 십자가가 떠올랐다. 그는 십자가를 긋고 밖으로 나갔다.

케어 히브라의 작은 남자들은 바람과 달그림자 속에서 릭이 떠나는 모습을 지켜보았다. 그는 몇 시간을 북쪽으로 날아간 후에야 왜 눈과 목구멍이 아프고, 얼굴 피부가 바닷물을 뒤집어쓴 것처럼 뻣뻣한지 알아차렸다…….

그는 아주 오랫동안 날았다. 춥고 갑갑했으며, 연료 바늘은 비상을 알리는 위치에서 흔들거렸다.

아래에 펼쳐진 지형은 신에게도, 인간에게도 잊힌 사막이었다. 지금은 화성의 봄이라, 운하를 살찌우는 빙하 녹은 물이 협곡마다 가득 흘렀다. 이끼도 있었고, 생명력 질긴 꽃도 피어 있었다.

그러나 검은 바위는 시간과 얼음, 바람과 물에 부식되고 갈라져서 인간의 손길이 닿은 적 없는 듯한 모습이었다. 마치 지구의 달 같았다.

저 멀리 앞에 솟구쳐 오르는 만년설 가장자리를 볼 수 있었다. 여름이 와도 그대로 얼어붙어 있는 빙원이었다. 그는 지도에 실려 있긴 해도 방문한 사람은 거의 없는 극지대 도시들의 위치와 지금의 항로를 대조했다. 가끔 그곳에 들른 호기심 강한 방문객은, 머릿속으로 직접 말을 걸어 부드럽지만 단호하게 다시 떠나라고 하는 목소리를 들었다는 기묘한 이야기를 가지고 돌아오곤 했다. 고대의 전설을 제외하면 도시들을 숨겨놓은 얼음 돔 안으로 들어가는 입구를 찾았다는 사람은 없었다.

그 돔은 모양이 일정했고, 한여름에도 전혀 녹아내린 적이 없었으므로 신비로운 '사색가들'이 인공으로 만든 건축물이라고 여겨졌다. 테라의 화성 침략은 아직 오래되지 않은 일이었고, 또 그들은 돈에만 관심이 있었기에 아무도 본 적 없는 전설과도 같은 극지대 도시에 굳이 신경쓰지 않았다. 물론 화성인은 엄격하게 금기를 지켰고, 극지대 도시에 대해 들어본 몇 안 되는 지구인은 대부분 그것을 특이한 자연을 두고 생겨난 전설쯤으로 취급했다.

릭의 엔진이 꺼지려고 했다. 그는 콥터를 어르고 달래며 희뿌연 하늘을 날아 반짝이는 얼음 가장자리까지 몰고 갔다. 끝내 엔진이 완전히 꺼졌고, 아무리 욕하거나 기도해도 다시 켜지지 않았다. 릭은 옆에 있던 로커에서 안경을 꺼내어 땅을 훑어보았다.

원형으로 한데 모인 돔 세 개가 보였다. 돌 위에 맺힌 물방울처럼 꽤 먼 곳에서 반짝이고 있었다.

아직 고도가 높았다. 그는 가벼운 콥터를 바람을 타는 글라이더처럼 몰아 조금이라도 더 앞으로 나아가려 애썼다. 접근하는 데 거의 성공했다. 결국 착륙할 수밖에 없었는데, 바로 직전에 자파 스톰의 비행선을 보았다. 어느 돔 옆에 작은 점처럼 내려앉아 있었다.

그는 돔에서 보이지 않을 만큼 떨어져서, 움직이는 얼음이 평평하게 다져놓은 넓적한 돌 땅에 안전하게 착륙했다. 사실 눈에 보이지 않는다고 크게 도움이 될지는 알 수 없었다. 자파 스톰에게 텔레파시 능력이 있다고 확신했기 때문이다. 그래도 본능과 훈련 덕에 그는 똑같이 조심했다.

넘어진 바윗돌에 몸을 감출 수 있었다. 릭은 바위 사이를 한참 헤맨 후 빠져나가서야 돔들 앞에 스톰의 콥터가 앉아 있는 평평한 공간을 볼 수 있었다.

그에게는 주머니에 넣어놓은 금속 조각 말고 무기라곤 없었다. 훔쳐 온 콥터에는 블래스터가 없었고, 구할 방법도 없었다.

앞에는 몸을 숨길 엄폐물도 없었다. 릭은 탁 트인 평지를 걸어갔다. 힘없는 화성의 햇빛이 돔을 비췄다. 돔은 거대하고 완벽하게 둥글었으며, 햇빛은 마치 빗방울을 관통하는 빛처럼 투명하고 깨끗하게 돔을 뚫고 빛났다. 그

위 높은 곳에는 연한 초록색의 얼음 칼날 같은 극관이 하늘의 절반을 잘라내며 솟아 있었다.

움직이는 것이라곤 없었다. 소리도 없었다. 콥터는 적막하니 잊힌 물건처럼 보였지만, 가까이 다가가보니 누군가가 조종장치를 고쳐놓았음을 알 수 있었다. 그는 조종장치를 살펴보았다. 수리는 썩 잘 끝난 상태였다. 이 콥터는 날 수 있을 것이다.

그런데도 그 자리에 놓여 있었다.

릭은 그 작은 콥터 옆에서 주위를 둘러보았다. 귀가, 눈이, 피부 신경이 아플 만큼 예민했다.

정적. 텅 빈 땅과, 잠든 채로 무슨 꿈을 꾸는지 아무에게도 말해줄 수 없는 거대한 짐승과도 같은 신비로운 돔. 압도적으로 무정한 얼음과 그 위로 차갑게 펼쳐진 희뿌연 하늘.

릭은 몸서리를 쳤다. 뺨의 근육이 실룩거리고, 노란 눈동자 위 눈꺼풀이 고양이처럼 가늘어졌다. 그는 제일 가까운 돔으로 향했다.

맨땅에 발자국이 남아 있었다. 수많은 발자국이 양쪽으로 이어졌다. 왼쪽 발자국이 가벼웠다. 메이요의 발자국은 보이지 않았다.

릭은 발자국을 따라갔다. 흔들림 없이 걷되, 서두르지

는 않았다. 알 수 없는 목소리가 여기를 떠나라고 머릿속에 말한다던 이야기가 다시 떠올랐다. 그는 어떤 충동도 느끼지 못했다. 그 전설이 거짓이었거나, 아니면 뭔가가 돔 내부를 바꾼 모양이었다.

릭이 발자국을 따라 투명하고 둥근 벽에 도달할 때까지 아무 일도 일어나지 않았다. 전혀.

그는 입구를 찾아냈다. 얼음 속으로 미끄러져 들어가면 전혀 알아볼 수가 없는, 딱 들어맞는 유리판이 복도를 반쯤 밀폐하고 있었다. 잘못하면 그리로 들어가다가 유리판 사이에 갇힐 수도 있었다. 몸이 반동강 날 수도 있고, 멀쩡한 몸으로 갇혀서 반짝이는 작은 감옥 안에서 서서히 죽어갈 수도 있었다.

그는 1~2분 정도 가만히 서서 정적에 귀를 기울이다가 안으로 들어갔다.

릭의 발소리가 종소리의 메아리처럼 울려 퍼졌다. 빛과 원근감의 장난질 때문에 몇 번이나 문이 미끄러져 닫히는 것처럼 보였지만, 그는 무사히 안으로 들어갔다. 부지불식간에 식은땀투성이가 되어 떨고 있었다.

그는 도시를 보고 있었다.

아래로 움푹 파여 들어간 도시였기에, 릭의 눈높이가 첨탑 꼭대기였다. 그렇게 큰 도시는 아니어서, 주민이 1만

명을 넘지 않을 듯했다. 하지만 릭이 이제까지 본 어떤 도시보다 아름다웠고, 동시에 그 어떤 도시보다 불쾌했다.

그는 달의 동굴 도시에도 가보았고, 포보스에 미지의 종족이 남겨놓은 환상적인 유적지를 걸어보았으며, 금성에서는 은빛 바다 아래 가라앉은 제국을 보았다. 그러나 이 도시는 그 모든 경험을 압도했다. 속이 뒤집혔다.

건물은 모두 같은 재료로 만들어져 있었다. 무채색의 플라스틱 재질이 돔을 통과하는 무지개색 햇빛을 흡수해 반사하면서 사방 벽에 떠다니는 보석이 가득한 듯 보였다. 거기까지는 괜찮았다. 불쾌한 것은 그 형태였다.

사색가들이 어디 출신이고 어떤 존재인지는 몰라도, 이계의 기하학을 가지고 왔거나 발견한 게 분명했다. 시선을 빨아들이는 건물의 곡선과 각도는 소름 끼치게도 또 다른 우주를 향해 의식을 이끌었다. 그 형태, 그 의미가 보는 사람의 마음에 충격을 선사했다. 마치 미쳐버린 초현실주의 화가의 꿈을 살려낸 듯, 유해하면서도 매혹적이었다.

릭의 등 뒤에서 빠르고 음악과 같은 소음이 들렸다. 몸을 돌리자, 들어왔던 길이 닫혀 있었다. 릭의 눈에 띄는 조종장치 같은 것은 없었다.

그는 도시를 향해 투명한 계단을 내려갔다.

죽은 도시였다. 그는 느낄 수 있었다. 이 도시의 침묵은 너무 오래되었고, 길거리는 기다리기를 멈춘 후였다. 기울어진 벽들은 그의 발소리가 일으키는 메아리를 혐오하며 적의를 담아 그를 노려보았다. 릭의 눈이 들끓기 시작했다.

그는 느닷없이 멈춰 서서 폐 가득 공기를 채우고 외쳤다.

"메이요!"

그의 외침이 100만 개의 조각으로 부서져 되돌아오자 마치 웃음소리가 울려 퍼지는 듯했다. 그는 도시 반대쪽을 목표로 잡고 계속 걸었다. 입구에서 내려다보았을 때, 반짝이는 계단과 옆에 있는 돔으로 이어지는 복도가 반대쪽에 있는 걸 보았기 때문이다.

그는 자파 스톰이 그를 들여보내고는 메이요와 함께 다른 길로 나간 걸까 생각했다.

바로 그때쯤, 음악 소리가 들렸다.

부드러운 음악이었고, 기묘한 방식으로 색깔과 연결되어 있어서 청각만이 아니라 시각도 자극했다. 그 화음은 건물과 비슷했다. 정상적인, 적어도 인간 기준에서 정상적인 정신이 만들어낸 화음은 아니었다. 공기처럼 사방에서 들려왔다. 릭은 모종의 확성 장치처럼 도시 전체에 울려 퍼지는 시스템이라고 생각했다.

두개골 안에서 두뇌가 숨으려고 기어다니는 듯한 느낌이었다.

색채가 점점 강해지며, 으스스한 길거리에 안개 휘장처럼 고동쳤다. 색채는 계속 스펙트럼 가장자리에서 다른 어딘가로 떨어져 내렸다. 그것은 감정에, 신경에, 심지어는 내부 장기에도 영향을 미쳤다. 음악이 릭의 정신을 잡아당기고, 원래 들어서는 안 되는 음조와 리듬으로 정신을 자극했다.

문득 건물의 상징적인 의미를 이해할 수 있고, 곡선이 어디로 가는지 알 수 있다는 생각이 들었다.

그 후에 릭은 한동안 정신을 놓았다. 거의 그랬다. 마음 깊은 곳에 자리 잡은 고집 센 일부분이 소리를 지르며 악몽의 산맥을 넘어 달려왔고, 아무것도 그걸 막을 수 없었다. 그 외침은 불현듯이 그를 붙잡아 뒤로 끌어내더니, 두 세계 사이에 걸친 가느다란 선 위에 아슬아슬하게 올려놓았다.

그는 벌거벗은 채로 태양 아래 본 적이 없는 형태의 수정 기둥을 끌어안고 있었다.

필사적으로 제정신을 붙잡은 그는 펄쩍 뛰어 기둥에서 물러나며 구역질에 몸서리를 쳤다.

릭은 생각했다.

'기다려. 이건 스톰 짓이야. 예전에 여기 살던 작자들처럼, 그놈이 어딘가에서 버튼을 눌러서 이 콘서트를 시작한 거야. 그놈이 내 마음을 들여다보고 내가 무너지는 꼴을 구경하면서 신나게 웃고 있어. 그놈이 웃게 내버려 둘 거야?'

릭은 몸을 바로 세웠다. 그렇다면 스톰이 아직 여기에 있으며, 잡아서 죽일 수 있다는 뜻이었다. 잘 풀릴 수도 있었다.

땀에 젖은 릭의 얼굴에 힘줄이 불거졌다. 그는 힘이란 힘은 다 쥐어짜서 마음을 단단히 먹고 그 음악과 색채에 맞섰다. 그는 제일 가까운 돔 벽으로 걸어가기 시작했다. 발을 보면서 걸음 수를 하나씩 조심스럽게 헤아렸다.

만약 릭의 생각이 틀렸고, 스톰이 이미 떠난 후라면 낭패였다! 하지만 잠깐! 그런 생각은 그만둬야 해.

그는 벽에 도달했다. 발밑이 불안하기는 했지만, 아직 걸음 수를 세고 있었다. 그는 곡선을 따라 저 멀리 있는 계단을 다시 보더니, 다가가서 계단을 올랐다. 그러다가 느닷없이 지옥의 콘서트가 끝났음을 깨달았다.

그는 꼭대기 계단에 주저앉아서 몸의 떨림이 멎을 때까지 기다렸다가, 다음 돔으로 들어갔다.

15

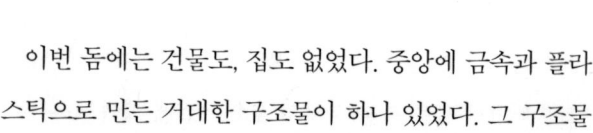

 이번 돔에는 건물도, 집도 없었다. 중앙에 금속과 플라스틱으로 만든 거대한 구조물이 하나 있었다. 그 구조물은 희미하게 진동하며, 일렁이는 희뿌연 빛을 발산했다.
 투명한 플라스틱을 덮은 관 모양의 부드러운 침상들이 그 구조물을 겹겹이 에워싸고 있었다. 사람들이 안에 누워 있었는데, 죽었거나 잠든 듯했다.
 릭은 여기에서도 스톰이나 메이요의 흔적을 찾지 못했다. 그는 다음 돔으로 가는 입구를 찾아내 바다를 가로지르기 시작했다.
 플라스틱 뚜껑 아래에 누운 것은 인간이 아니었다. 사람과 비슷하기는 했으나, 살의 질감과 외모의 형태가 어던가 이질적이었다. 그들은 조용히 누워 있었다. 그들이 숨을 쉬거나 움직였다 해도 릭은 보지 못했다. 하지만 죽은 것은 아니었다. 몸은 따듯해 보였고, 썩지도 않았다.

릭은 이들이 방금 보았던 도시를 건설한 '사색가들'이리라 추측했다. 그들에겐 성별이 없어 보였다. 벌거벗은 몸뚱이가 모두 비슷했다. 도시의 건물과 마찬가지로, 그들의 신체도 완벽하고 아름다우면서도 불쾌했다.

릭은 마지막 세 번째 돔으로 이어지는 아치길을 향해 흔들림 없이 걸어갔다. 그는 겁먹지도 않았고, 흥분하지도 않았다. 릭 같은 남자가 끝까지 왔으니, 어떤 결론이 나더라도 다를 게 없었다. 그는 뭐든 무기로 쓸 만한 물건을 찾아서 주위를 둘러보았다. 아무것도 없었다. 그는 붕대 감은 두 손을 쥐었다 펴보고는 계속 걸어갔다.

그 계단과 아치길 주변에는 몸을 숨길 만한 곳이라곤 없었다. 릭도 숨으려고 하지 않았다. 스톰 같은 텔레파시 능력자에게서 몸을 숨겨봤자 소용없었다. 지금 릭이 원하는 것은 최대한 빠른 결말이었다. 그는 스톰을 잡고 싶었다.

그의 마음에 죽음에 대한 생각은 없었다. 적어도 자신의 죽음은 떠올리지 않았다.

그는 계단을 올랐다. 거대한 실험실과 기계 공장 같은

것이 언뜻 보이더니, 꼭대기 계단에 자파 스톰이 서서 묵직한 블래스터를 릭의 근육질 몸에 겨누고 있었다.

릭은 멈춰 섰다. 스톰이 아주 상냥하게 웃었다.

"메이요는 어디 있지?"

릭이 물었다. 스톰은 고개를 살짝 움직여서 뒤쪽을 가리켰다.

"저 안에. 아주 안전해. 하지만 널 돕지는 못하지. 처음부터 지금까지 내내 묶어놓아야 했지. 살쾡이가 따로 없어."

스톰의 검은 눈이 릭을 위아래로 훑어보았다.

"내가 메이요의 의지를 꺾는 재미있는 모습을 네놈은 못 볼 테니 안됐군."

릭은 아무 말도 하지 않았다. 두 손은 벌거벗은 허벅지 옆에 늘어뜨린 채였다. 얼굴에는 표정이 없었고, 눈동자는 분명하게 보이지 않았다. 수정 계단을 반쯤 올라간 위치라서, 스톰의 발보다는 그의 머리가 위에 있었다.

"콘서트는 어떻던가?"

스톰이 물었다. 릭은 대답하지 않았다. 그러자 스톰이 웃음을 터뜨렸다.

"굳이 말하지 않아도 돼. 나도 알아. 매 순간 네놈의 마음을 들여다보고 있었거든."

그는 관뚜껑 아래에 누워 잠든 이들을 가리켰다.

"저것들은 취향이 오묘하지. 아직도 저들의 정체가 뭔지, 어디에서 왔는지 모르겠어. 저들의 마음속으로 들어갈 수도 없어. 저것들의 정신은 이제 여기에 없고, 어딘가 순수하게 사고만 존재하는 영역으로 떠난 것 같아. 몸뚱이는 진짜가 아닌 거겠지."

그는 말을 끊고 서서 릭을 관찰하며, 그의 이목구비와 주름 하나하나를 머릿속에 각인하고 싶다고 생각했다.

"네놈은 절대 잊고 싶지 않아. 너만큼 증오스러운 남자는 한 번도 만난 적이 없거든. 아마도 네가 나만큼이나 강하고, 그래서 두려움을 일으키기 때문에 이렇게 미운 거겠지. 난 두렵다는 감정이 익숙하지 않고, 마음에 들지도 않아."

"넌 화성을 잃었어. 내가 네게서 빼앗았지."

릭의 말에 스톰은 천천히 대꾸했다.

"아니야. 아니, 빼앗지 못했어. 네가 내 계획을 망치기는 했지. 날 죽일 뻔했다고도 할 수 있어. 마지막 순간에 가서 내가 이미 네놈의 마음을 읽고 준비하고 있으리라는 사실을 깨달은 건 아주 영리했어. 네놈도 짐작이 가겠지만 난 엄청나게 바빴고, 너무 늦게 눈치채는 바람에 겨우 피했지. 피하면서도 날아오는 금속에 심하게 베였고,

내가 준비한 분쇄기는 박살이 났어."

그는 갑자기 욕을 했지만, 거친 말투는 아니었다.

"네놈을 정말 만족스럽게 죽일 방법을 생각해내고 싶은데 말이야."

릭의 입매가 비틀리더니 나른한 미소 비슷한 것을 지었다.

"넌 날 죽일 수 없어, 스톰. 이건 네가 아니라 나의 길이야."

스톰은 잠시 그를 응시하다가, 웃음을 터뜨렸다.

"목성에 맹세코, 정말로 그 예언을 믿는 건가?"

릭은 고개를 끄덕였다.

"넌 내가 온다는 걸 알고 있었지."

"그래. 그 작은 녀석, 이름이 뭐였더라, 키라였나? 걔가 나에게 아무 해도 끼치지 못한다는 게 확실해질 때까지 추적했거든. 그러면서 내내 네 머릿속도 상세히 확인했지."

스톰은 쿡쿡 웃었다.

"세인트 존과 그 화성 놈이 널 감쪽같이 속였던데! 안 그래도 그 우둔한 팰런한테 언제나 그 둘을 너무 얕본다고 경고했다니까."

키라의 이름이 나온 후로는 릭의 눈은 특별히 차갑고

치명적인 빛을 띠었다. 평범한 인간의 감정으로는 도저히 그의 마음을 표현할 수 없었다. 그래도 그는 움직이지 않았다.

"하지만 넌 화성을 잃었어."

릭은 되풀이해서 말했다.

"아니야. 우리 사이에는 차이가 있어, 릭. 그 차이 때문에 네놈은 전부를 잃겠지. 난 정신을 단련했어. 내가 마음에 따라 움직이는 게 아니라, 마음이 내 의지대로 움직이지. 네놈이 뭘 하려고 하는지 알아냈을 때, 네가 나에게 맞서도록 화성인과 지구인을 통합하려고 한다는 사실을 알았을 때, 난 네가 성공할 가능성이 꽤 높다는 사실을 깨달았어. 그래서 머리를 썼어.

난 '사색가들'에 대해 예전부터 호기심을 품고 있었어. 화성의 예언자들은 진실을 알아낼 수도 있었겠지만, 대대로 이어진 금기 때문에 그 문제를 들춰낼 수 없었지. 지금까지는 어떤 지구인도 그들과 같은 힘을 갖고 있지 않았어. 하지만 나에겐 그 힘이 있고, 금기 따위도 없었어. 난 사색가들의 사고 장벽, 그러니까 돔 안으로 들어오려고 하는 누구에게든 떠나야 한다는 충동을 일으키는 장벽이 텔레바이저와 비슷한 기계의 방송에 불과하다는 사실을 알아냈지. 그 장벽은 자동으로 돌아갔는데, 대체 얼마나 오랫동안 작동했는지 아무도 모를 노릇이야. 물론 널 위해서 내가 차단해놨지.

아무튼 그 장벽을 강제로 비집고 들어온 나는 사색가들이 그냥…… 사라졌다는 걸 알았어. 아직도 저들의 두뇌 진동이 느껴지긴 하니까 살아 있긴 하지만, 저들의 정신은 이 세상 너머 어딘가에 있어. 사색가들은 진화상으로 정복하지 못한 영역은 순수한 사고뿐인 지점까지 도달했나 봐.

하지만 사색가들이 남긴 물건이 있거든, 릭. 인간이 꿈만 꿨지 절대로 만들어낼 수 없었던 무기와 기계가 든 무기고가 있다, 이거야. 분쇄기, 정신 증폭기, 우리의 배닝 충격기는 어린아이 장난감처럼 보이게 만드는 에너지 투사기. 사색가들이 사색가라고 불린 데는 이유가 있어. 세상에, 저자들이 정체가 뭐고 어디에서 왔는지 알 수만 있다면! 그래도 추측은 해볼 수 있겠지. 난 사색가들이 선행 인류이고, 인류가 행성 표면에 나타나면서 저들의 내향적인 문화가 밀려났다고 생각해. 그래서 저들은 돔과 저 놀라운 도시를 건설하고, 금기를 덕지덕지 바르고서 나름대로 평화롭게 산 거야.

사색가들의 과학 발명 시대는 분명 엄청나게 오래 이어졌을 거야. 그것도 그저 재미를 위한 발명이었지. 그것을 인류에게는 하나도 물려주지 않고, 오직 자기들의 안락에 필요한 것만 이용했어. 저기 저 장치처럼 말이야."

스톰은 돔 한가운데에서 진동하고 있는 기계를 가리켰다.

"저 기계는 사색가들의 몸을 덥히고, 직접 에너지를 공급해서 저들의 정신이 공간과 시간을 자유로이 돌아다니는 동안 몸뚱이가 살아 있게 유지하지."

스톰의 검은 눈 깊은 곳에 기묘한 불꽃이 일어났다. 그는 속삭였다.

"나도 저들을 따라갈 수 있다면 좋겠군……. 잠시라도."

그 순간, 릭이 경고 없이 앞으로 뛰어올랐다.

그는 몸을 던져 스톰의 두 발목을 움켜쥐었다. 그게 릭이 기다리던 순간이었다. 스톰의 관심이 리처드 건 어크하트의 두뇌 말고 다른 것에 쏠리는 아주 짧은 순간.

스톰의 블래스터 빔이 비스듬히 스치면서 릭의 등가죽을 굽다시피 했지만, 그를 제대로 맞히지는 못했다. 릭은 스톰의 작업복 천을 붙잡고 온 힘을 다해 잡아당겼다. 스톰은 어깨뼈를 부딪치며 넘어졌고, 두 번째로 발사된 블래스터는 돔 천장을 때렸다.

릭은 맨발의 마찰을 이용해서 계단을 단단히 딛고 몸

을 앞으로 던져, 스톰의 몸 위에 몸무게를 실었다. 스톰이 컥 하고 숨을 멈췄고, 릭은 블래스터를 붙잡았다.

스톰이 넘어지면서 다친 건 분명했지만, 그렇다고 정신을 잃을 정도는 아니었다. 그는 자유로운 손과 두 무릎, 무거운 장화를 이용했다. 스톰은 힘이 셌다. 릭도 덩치가 크고 힘센 남자였지만, 스톰이 더 강했다. 그에게 맞은 릭은 눈앞이 캄캄해졌지만, 그래도 블래스터를 놓치지는 않았다.

릭은 벌거벗은 몸을 둥글게 말고 근육을 긴장시키며 블래스터를 잡았다. 온 우주에 중요한 것은 단 하나, 그 블래스터뿐이었다. 그는 스톰의 엄지손가락을 찾아내어 세게 짓눌렀다.

스톰의 엄지가 부러졌다. 찢어진 살과 힘줄만 남기고 확실하게 탈골됐다. 스톰은 상처 입은 짐승처럼 비명을 질렀고, 그게 끝이었다. 릭이 블래스터를 차지했다.

릭은 블래스터를 쏠 만한 거리를 확보하려고 몸을 떼어냈다. 스톰의 장화 한 짝이 그의 배를 정통으로 때렸다. 릭은 계단 아래로 굴러떨어져서 나뒹굴며 속을 비워낼 듯 구역질을 했다. 블래스터는 유리 바닥 저편으로 미끄러졌다.

스톰이 일어났다. 그는 자기 손을 보더니, 손수건을 꺼내어 한쪽 손과 이를 써서 단단히 묶었다. 그러고 나서 아치벽에 몸을 기대고 토했다.

계단 아래에서는 릭이 손과 무릎을 대고 몸을 일으키려 애쓰면서 큰 소리로 신음했다.

스톰은 블래스터가 어디로 갔는지 보았다. 블래스터는 저 멀리 날아가 있었다. 릭이 금세 손에 넣기 힘들 정도로 멀었다. 스톰은 계단 반대쪽으로 내려가서 실험실이 있는 돔으로 들어갔다.

메이요 맥콜은 뒤집기에는 너무 크고 무거운 기계의 틈 아래에 누워 있었다. 단단히 묶인 데다가 재갈까지 물린 상태였다. 그녀의 생각을 스톰에게 알리는 데는 목소리가 필요하지도 않았다. 눈동자만으로도 충분했다.

"그놈에게 작별의 입맞춤을 해도 좋아. 내가 작업을 끝내고 남은 부분에 말이야."

스톰은 속삭였다.

그는 찾고 있던 작은 기계를 찾아냈다. 릭을 끝장낸 후에 콥터로 가지고 가려고 접근하기 편한 곳에 모아둔 물건들 사이에 있었다. 겉보기에는 무해한 듯한 작은 장치였다. 살짝 빛을 발하는 금속 삼각형 안에 프리즘을 넣고 보호막을 두른 모양새였다.

스톰은 그 장치가 작동하는 원리를 확실히 알지 못했

다. 그 삼각형이 우주 방사선을 가두어 프리즘으로 집중시키겠거니 할 뿐이었다. 장치의 원리는 몰라도 효과는 확실히 알았다.

그는 왼손을 조심스럽게 보호막 뒤에 놓고, 멀쩡한 엄지손가락을 조종 버튼에 올려놓고, 다시 계단을 올라갔다.

릭은 블래스터에서 3미터쯤 떨어진 곳까지 기어간 상태였다. 스톰은 미소 지으며 조종 버튼을 눌렀다. 프리즘에서 고운 거미줄 같은 빛줄기가 퍼져나가더니 블래스터를 건드렸다. 그러자 금속이 부서져 먼지가 되어 사라졌다.

"릭, 리키!"

스톰은 부드럽게 말했다.

릭이 고개를 돌렸다. 거대한 중앙 기계가 조용히 진동하고 사색가들은 우주적인 꿈을 꾸고 있을 뿐, 그들의 돔 바닥에 벌거벗고 엎드린 남자에게도, 계단 위에 파멸을 들고 선 검은 거한에게도 아무 관심이 없었다.

"넌 날 죽일 수 없어."

릭이 속삭였다.

스톰은 소리 없이 입을 벌리고 웃더니, 다시 버튼을 눌렀다.

릭은 움직였다. 있는 줄도 몰랐던 힘을 쥐어짜 움직였

다. 그러지 않으면 죽음뿐이었고, 그는 아직 마음의 준비가 되지 않았다. 그는 옆으로 몸을 굴렸다. 빔은 릭을 놓치고 바닥에 뱀이 기어간 듯한 자국을 파놓았다. 줄지어 놓인 관 중에서 가장 바깥쪽 관이 그에게 가까웠다. 릭은 제일 가까운 관 뒤로 몸을 숨겼다. 관은 바닥에 단단히 붙어 있었고, 몸을 가릴 엄폐물이 되어주었다. 스톰이 정신으로 그를 따라올 수는 있겠지만, 눈으로 직접 보지 않고 겨눌 수는 없었다.

릭은 슬금슬금 돔 반대편으로 움직이기 시작했다.

스톰이 그를 따라갔다. 그는 분해 빔으로 관을 쏘아 망가뜨리고, 그 안에 든 몸뚱이들을 파괴해가면서 움직였다. 사색가들은 꿈쩍도 하지 않았다. 그들의 정신은 몸에 무슨 일이 생기는지 신경 쓰기에는 너무 먼 곳에 있었다.

릭은 비상식적인 재치와 순수한 용기의 조합으로 스톰과 위험한 장난을 벌였다. 그는 빔이 위험할 정도로 가까이 먹어 들어올 때까지 관 뒤에 몸을 숨겼다가, 아슬아슬한 순간에 몸을 굴리거나 비스듬히 수정 바닥을 미끄러져서 매번 다른 방향으로 이동했다. 아주 잠깐을 제외하고는 언제나 몸이 가려지도록 숨었다. 스톰이 오른손을 썼다면 진작 맞췄겠지만, 왼손으로는 그럴 수 없었다.

어쨌든 처음에는 무리였다. 하지만 릭도 그런 행운이

영원히 이어지지 않으리란 건 알고 있었다. 손에 돌멩이 하나 없으니 털 뽑힌 닭이 된 기분이었다.

갑자기 릭이 눈을 번뜩이며 눈매를 좁혔다. 그는 원을 그리며 이미 왔던 길로 돌아가기 시작했다. 망가진 관이 놓여 있는 곳이었다. 스톰은 집요하게 그를 뒤쫓았다. 스톰은 서둘지 않았다. 이 상황을 즐기고 있었다.

릭은 노리던 관이 있는 곳에 도착했다. 스톰의 빔에 맞아서 플라스틱 뚜껑이 부분적으로 사라진 상태였다. 안에 든 몸은 가운데가 깔끔하게 잘려 두 토막이 났다. 피도 없고, 내장도 없고, 배 속에 빈 부분도 없었다. 살은 스펀지 고무처럼 보였다.

릭은 그 관 뒤에 몸을 웅크린 채 손을 뻗어 두 다리를 잡았다. 그는 집중하느라 이마를 찡그린 채 오랫동안 기다렸다.

스톰은 희미한 미소를 지으며 똑바로 서서, 릭이 숨은 곳에 분해 빔을 쏘아대고 있었다. 관의 배열 때문에, 릭이 관 위로 내다보거나 오른쪽으로 내다본다면 스톰의 온몸을 볼 수 있었다. 왼쪽으로 보면 스톰의 두 다리가 다른 관에 가려졌다.

릭은 불쾌한 무기를 휘둘렀다. 인간의 다리보다는 가벼웠지만, 그래도 무기로 쓸 만한 무게였다.

하지만 스톰은 릭이 숨은 관에서 시선을 떼지도 않은 채 쉽게 피하며 웃어젖혔다. 그리고 갑자기 분해 빔을 위쪽으로, 관의 오른쪽 구석 위를 겨냥해서 쏘았다.

그와 동시에 관의 왼쪽 구석에서 릭의 머리와 어깨가 튀어 나갔다. 그는 사색가의 몸뚱이 상반신을 스톰의 머리에 집어 던졌다. 그것도 왼손으로.

스톰은 순간 균형을 잃으면서 아주 잠시 느려졌다. 볼품없는 몸뚱이가 스톰을 때렸다. 그 몸은 그를 기절시킬 정도로 무겁지는 않았고, 기껏해야 비틀거리다가 다른 관에 부딪히게 만들 정도였다. 그러나 그를 방해할 정도의 무게는 나갔고, 죽은 두 팔은 그 인간 같지 않은 몸속에 아직 반사신경은 남은 것처럼 스톰을 휘감았다.

릭이 움직였다. 평생 그렇게 빨리 움직여본 적이 없었다. 멍, 통증, 피로, 계속 이어지던 고통, 무엇도 중요하지 않았다. 그는 움직였다. 그는 시체가 미끄러지거나 떨쳐지기 전에 스톰을 때렸다.

스톰이 릭을 향해 발사한 빔은 그 옆으로 비껴갔고, 다음 순간 릭의 손날이 스톰의 손목을 세게 내리쳤다. 죽음의 프리즘이 손에서 떨어졌다.

릭은 휴 세인트 존에게 말했던 그대로 붕대 감은 두 손으로 스톰의 목을 움켜잡았다.

릭은 눈을 반쯤 감고 고양이처럼 흡족한 표정으로, 목을 조를 필요가 더는 없어지고도 한참을 그렇게 있었다. 스톰이 쉽게 죽지는 않았지만, 죽기는 했다.

"본능이란."

릭은 바닥에 쓰러진 시커멓게 죽은 얼굴을 향해 대화하듯 속삭였다.

"난 왼손잡이야. 넌 그걸 몰랐지. 내가 뭘 하려는지 알아내려고 내 머릿속을 들여다보고는, 네가 오른손잡이니까 나도 오른쪽으로 튀어 나가리라 생각했지. 그런데 난 왼손잡이거든. 그러니 넌 엉뚱한 쪽을 공격한 거야. 본능이라니까. 알겠어? 내 마음속엔 네게 알려줄 의식적인 생각이 없었고, 네 본능이 너를 배신한 거야."

스톰은 대답하지 않았다. 대답할 수가 없었다…… 이제는!

16

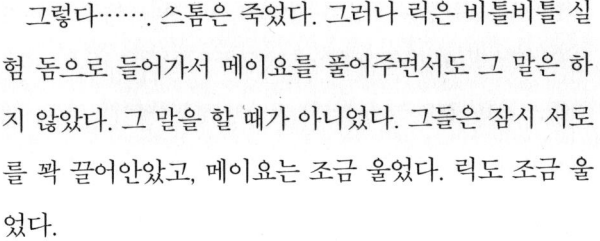

 그렇다……. 스톰은 죽었다. 그러나 릭은 비틀비틀 실험 돔으로 들어가서 메이요를 풀어주면서도 그 말은 하지 않았다. 그 말을 할 때가 아니었다. 그들은 잠시 서로를 꽉 끌어안았고, 메이요는 조금 울었다. 릭도 조금 울었다.
 시간이 흐르고, 두 사람 주위의 세상이 심하게 흔들거리기를 멈추자, 릭은 돌아다니며 기계들을 살펴보았다. 그는 실력 있는 정비사였기에, 이치에 따라 대부분 무엇을 하는 물건인지 알아낼 수 있었다. 그는 스톰의 검은색 작업복을 입고 있었다. 가슴 앞주머니에 아직 스톰의 담뱃갑이 들어 있었다. 릭은 한 대 피워 물었다. 얼굴은 무

표정했다.

"무슨 생각을 하고 있어, 릭?"

메이요가 물었다.

그는 대답하지 않았다. 메이요는 일어서서 천천히 스톰이 한데 모아둔 기계 더미로 다가갔다.

"스톰이 무슨 일이 일어났는지 말해줬어. 휴와 에란 맥이 화성을 잘 운영할 거야. 그 사람들이 꿈꾸던 일을 하게 내버려두면, 다 잘될 거야."

여전히 릭은 대답하지 않았다.

메이요는 작은 튜브를 집어 들고 릭을 겨눴다.

"당신은 화성을 가질 수 없어. 난 당신이 화성을 가지고 놀게 내버려두지 않을 거야."

그는 눈동자에 텅 빈 한기만 담은 채로 잠시 그녀를 바라보았다.

그는 혼잣말하듯이 말했다.

"어제 난 케어 히브라에 있었어. 키라가 나에게 말했고, 난 그 말을 들었지."

메이요는 어리둥절했다. 그녀가 튜브를 살짝 떨자, 릭이 그녀를 보고 갑자기 웃음을 터뜨렸다.

"당신은 다부진 사람이야! 그리고 솔직히, 당신이 그 물건을 쏘지 않을 거라고 확신하지도 못하겠군!"

그는 반짝이는 돔을 향해 담배 연기를 뿜으며 몸을 돌렸다.

"여기에서 어떻게 나가지?"

"스톰을 지켜봤어. 통제 장치가 어디 있는지 알아. 원한다면 생각을 투사하는 기계도 켤 수 있어. 하지만, 릭……어떻게 할 계획이야?"

"날 믿지 못하겠어?"

"응."

그는 그녀에게 다가갔다.

"이제는 날 믿나?"

그는 잠시 후에 다시 물었다.

"전혀 못 믿어. 아, 릭, 제발……."

그는 입술로 메이요의 말을 막았다.

"난 아무 말도 하지 않았어. 안 그래? 이제 여길 떠나자고."

메이요의 눈에는 차가운 의혹이 담겨 있었지만, 그녀는 고개를 끄덕였다. 나중에, 릭이 보지 않는다고 생각했을 때 튜브를 작업복 주머니에 집어넣은 메이요가 물었다.

"이 물건들은 다 어떻게 하지? 위험한 물건이야, 릭."

"이렇게 오랫동안 안전했으니, 좀 더 버티겠지. 그 문제는 맥과 세인트 존이 알아서 고생하라고 넘길 거야."

"그 둘을 보러 갈 거야?"

"그래."

릭은 작업복 주머니에 손을 넣어 스톰이 쓰던 작은 에너지 무기를 꺼냈다. 반짝이는 삼각형 안에 든 프리즘. 그는 손안에 든 무기를 돌리면서 찌푸린 얼굴로 노려보더니, 메이요 옆에 쌓인 기계 위로 떨어뜨렸다.

"조종장치는 어디 있어?"

"이 돔의 조종장치라면 저기 왼쪽 위야. 아니면 도시를 거쳐서 돌아가고 싶어?"

"아니. 그 도시는 다시 가고 싶지 않아."

메이요가 조종장치로 갔다가 돌아오자, 릭은 그녀의 어깨에 팔을 두르고 돔을 가로질러 숨겨진 입구로 향했다.

그들은 스톰의 콥터에서 연료를 챙겨서 릭의 콥터로 가져간 후 출발했다. 잠시 후에 릭은 메이요가 소리 없이 울고 있음을 알아차렸다.

"왜 그래?"

"키라를 생각하고 있었어. 스톰이 다 말해줬지. 당신이 키라와 같이 있어줘서 기뻐."

"그래. 그래, 키라는 행복하게 죽었어."

릭은 말했다.

그들은 뒤쫓는 비행선을 몇 번 마주쳤지만, 어떤 콥터

도 그들을 계속 따라오지는 못했다. 릭은 뚱하고 음울한 침묵에 잠겼고, 메이요가 입을 열려고 할 때마다 으르렁거렸다. 결국에는 메이요도 포기했다. 그녀는 입가에 암울하고 팽팽한 주름을 잡은 채로 눈을 감고 앉아 있었다.

이윽고 릭이 송신기를 켜더니 '회사'에 연락을 요청했다. 교환원은 눈이 튀어나올 듯이 그를 바라보더니 미친 듯이 교환대를 조정했다. 몇 초 후에는 휴 세인트 존이 등 뒤에 에란 맥을 거느린 채 스크린으로 릭을 보고 있었다.

두 사람은 동시에 메이요를 보았고, 마치 스크린 너머로 닿고 싶다는 듯이 바싹 다가섰다. 특히 세인트 존이 그랬다. 릭은 심술궂게 그를 지켜보며 생각했다.

'저놈은 메이요에게 미쳐 있군. 메이요에게 미친 나머지 냉혈한이라기에는 피가 미지근해. 연약한 놈!'

그들은 처음에 릭을 쳐다보지 않았다. 메이요가 스톰과 극지대 도시에 대해, 그리고 릭이 그곳에서 무슨 일을 했는지 말하기 전까지는 그랬다. 세인트 존은 그제야 릭을 돌아보았다.

"당신이 돌아와서 기쁘군요."

세인트 존은 진지하게 말했다. 릭은 말했다.

"괜찮아. 너희 덕분에 돌아오기가 참 쉽기도 했지."

"우린 옳다고 생각하는 일을 했습니다, 릭."

릭은 으르렁거렸다.

"그렇게 설명하면 괜찮다 이건가. 그 설명은 모든 사실을 덮을 뿐이야. 옳다고만 생각하면 사람에게 무슨 짓을 하든 상관없다, 이거지. 그런데 누구에게 옳은 일이지, 세인트 존? 혹시라도 '화성'이라고 대답하면 착륙하자마자 네놈 머리통을 날려버리겠어."

세인트 존은 입을 꽉 다물었다. 그 뒤에서 에란 맥이 웃으며 고개를 끄덕였다. 맥의 금빛 눈이 환하게 빛났다.

"네놈이 수탉이라고 생각해본 적은 없는데 말이야, 릭. 그런데 여기 횃대에 앉으러 왔군. 메이요까지 데려와서 안타까워. 메이요만 없었다면 널 쏘아 떨어뜨리기가 훨씬 수월했을 텐데."

"그렇겠지. 그래서 같이 오기도 했고."

화성인의 귀에 달린 종이 희미하게 딸랑거리자, 릭은 몸서리를 쳤다.

"화성 순찰대 녀석들에게 내 앞에서 비키라고 하는 게 좋을 거야. 내려간다."

세인트 존이 말했다.

"착륙장으로 오는 게 좋겠군요. 회사 부지에 있는 콥터 데크는 당신이 망가뜨렸으니까요. 우리가 차량을 보내겠습니다."

"그리고 무장한 호위대도 보내겠지?"

"무장한 호위대도 보내야죠."

"난 평화롭게 찾아왔어. 내가 어떻게 그곳을 떠날지는 그때 가서 걱정해도 되겠지."

세인트 존은 차갑고 침착한 눈으로 릭을 보더니 고개를 끄덕였다. 스크린이 꺼졌다. 메이요는 다시 좌석에 등을 기대고 눈을 감았다. 그녀는 조용히 말했다.

"릭, 난 당신을 사랑해. 당신과 함께 어디든 가고, 무슨 일이든 하겠어. 딱 한 가지만 빼면 뭐든지. 생각해봐. 뭔가 저지르기 전에 그 점을 고려해줘."

"난 오래도록 생각만 했어."

릭이 말했다.

그들은 그 후로 더 이상 대화하지 않았다. 그는 비행선을 하나 훔쳐서 스톰의 계획을 박살 냈던 예전의 회사 이착륙장으로 날아가 착륙했다. 차 한 대가 그들을 기다리고 있었고, 화성 정부 요원이 탄 호위용 지프차도 옆에 있었다. 릭은 정중하지만 철저한 수색을 조용히 받아들였다. 그들은 그에게서 무기를 찾지 못했고, 메이요는 수색하지 않았다.

차는 매끄럽게 속도를 올려 회사 부지로 달려갔다. 릭

은 멀리 말라붙은 해저 위 절벽에 솟아오른 루의 탑을 쳐다보았고, 그 눈동자는 호박색 유리처럼 차갑고 깊이를 알 수 없었다.

대체로 말랑한 근육을 가진 정치공무원으로 이루어진 화성 요원들이 이제는 없어진 행정탑 대신 세인트 존이 사용하는 건물로 그들을 안내했다. 세인트 존은 문 앞에서 그들을 맞이하더니, 호위대에게 물러나라고 설득했다. 그들은 물러나고 싶어 하지 않았다. 그들은 발키스 사람들과 똑같은 눈길로 릭을 보았다. 이유만 다를 뿐이었다. 표면적으로는 루의 목걸이에 벌어진 신성 모독에 대해 화내고 있었다. 실제로는 새로운 통합 정부를, 그들의 일자리를 걱정하고 있었다.

그래도 그들은 릭과 메이요를 세인트 존과 에란 맥에게만 맡기고 물러났다. 화성인 맥은 늘 그랬듯이 창틀에 늘어져서 담배를 피우며, 검지를 까딱여서 귀에 달린 종을 앞뒤로 흔들고 있었다. 담배 연기 사이로 릭을 바라보는 노란 눈동자는 매의 눈처럼 깜박임이 없었다.

세인트 존이 메이요를 끌어안았다. 릭은 두 사람의 얼굴을 보고 싶지 않아서 짜증스럽게 고개를 돌렸다. 그는 두 사람이 조용히 몇 마디를 나누게 두고 커다란 의자에 털썩 주저앉아서 담배를 한 대 물었다. 갑자기 화성만큼이나 늙고 지친 기분이 들었다.

세인트 존이 잠시 후에 말했다.

"고맙다는 말은 할 수가 없군요, 릭. 무척이나 서먹한 상황입니다. 개인적으로는 온 마음으로 당신에게 감사하지만, 그럼에도 당신이 여기에 없었으면 좋겠어요. 난 당신이 두렵고, 어떤 일을 해야 할지 모른다는 사실이 두렵습니다."

"적어도 솔직하긴 하군."

"속여봐야 소용없지요."

세인트 존은 서류가 높게 쌓인 책상 뒤에 앉더니, 어지러운 책상을 보며 한숨을 내쉬었다.

"지금 주어진 것을 가지고 새로운 정부를 개혁하기란 쉬운 일이 아닙니다. 나는 카호라에 몇 번이나 갔고, 맥은 다리가 떨어질 만큼 열심히 화성 본부와 이곳을 오갔지요. 내가 여기에 머문 건 여기가 모든 말썽의 중심 같았고, 여기 있으면 상황을 더 잘 처리할 수 있으리라 생각해서였습니다. 또 회사 자체도 처리해야 했고요. 맙소사, 스톰이 해놓은 짓들이란!"

릭은 느긋하기까지 한 눈빛으로 세인트 존을 보았다.

"그래. 아직 태양계 연합에서 인정과 인가는 못 받은 모양이군?"

"아직은요. 하지만 상황을 생각하면, 받을 게 분명합니다."

"그러니까 한 가지만 빼고 나머지 상황은 그렇다는 거겠지."

릭이 대꾸했다.

세인트 존은 천천히 고개를 끄덕였다.

"그걸 되찾으러 온 거군요. 그렇죠?"

릭은 펄쩍 뛰어 일어나서 고함을 질렀다.

"젠장맞을! 내가 어떻게 하리라 생각했나? 이 모든 일을 누가 했는데? 누가 여기 저주받은 광산에서 땀을 흘리고 얻어맞고 살이 타고 걷어차였는데?"

그는 두 손을 내밀었다. 붕대가 풀려서 갓 생긴 새 흉터가 드러나 보였다.

"루의 벽에 박혔던 게 네놈이야, 나야? 뷰다호가 목걸이를 건 사람이 네놈이야, 나야? 화성인과 지구인을 설득해서 함께 싸우게 하고, 바로 이 밖에서 함께 피 흘린 형제 사이로 만든 게 네놈이었어? 칼에 찔릴 위험을 무릅쓰고 도둑 구역에 목을 내민 건, 비행선을 훔쳐서 자파 스톰의 머리 위에 떨어뜨린 건 너였나?"

릭의 목소리에 창문이 흔들릴 정도였다. 그의 얼굴은 무표정하면서도 분노에 굳어 있었고, 관자놀이에는 핏줄이 도드라졌다. 그는 갑자기 말을 멈추고 잠시 서성였다. 다시 입을 열었을 때는 억눌린 속삭임만 나왔다.

"빌어먹을. 난 너무나 많은 걸 쏟았어, 세인트 존. 내가 피와 땀과 죽음의 공포를 흘리는 동안, 너는 손 놓고 빌기만 했지. 너와 에란 맥이 머리나 한 대 치고 5만 크레디트를 안겨서 날 없앨 수 있다고 생각했다면 미친 거지!"

그는 소리내어 웃더니 두 사람과 마주 보도록 몸을 돌렸다.

"너라면 만족하겠나, 세인트 존? 너라면 어때, 맥?"

긴 침묵이 흘렀다. 에란 맥은 바깥에 펼쳐진 해저만큼이나 수수께끼 같은 태도로 조용히 담배를 피웠다.

"아니, 나라도 그렇겠지요."

마침내 세인트 존이 천천히 대답했다. 에란 맥이 덧붙였다.

"문제는 만족하느냐, 아니냐가 아니라, 만족을 얻기 위해 무엇을 할 수 있느냐, 없느냐지."

릭은 미소 지었다.

"이들에게 말해줘. 극지대 돔 아래에 뭐가 있는지, 스톰이 그걸로 뭘 하려고 했는지 말해줘."

그는 메이요에게 말했다.

메이요는 말했다. 그러나 그녀의 시선은 에란 맥과 마

찬가지로 릭에게 고정되어 있었다.

릭은 두 사람에게 생각할 시간을 충분히 줬다. 그들은 마음에 들어 하지 않았다. 그 모든 힘을 생각하니 두려웠다. 세인트 존은 한 번인가 텔레스크린으로 손을 뻗었다가 멈췄다.

릭이 말했다.

"아니, 나라면 화성인들을 아직 그 정도까지 믿진 않겠어. 좋아, 거기엔 엄청난 힘이 있어. 하지만 난 그걸 쓸 필요가 없지."

"당신이 여기 잡혀 있다는 사실을 상기시켜줄까."

맥이 말했다.

"그러든지. 난 메리 엘렌 도에도 갇혀 있었지. 사람이 너무 많은 일을 겪으면 더는 아무것도 신경 쓰지 않게 되거든. 말했듯이, 난 그 힘을 쓸 필요가 없어."

그는 이제 메이요 뒤에 바싹 붙어 있었다. 그러다가 갑자기 한 팔로 메이요의 목을 감더니, 그녀가 주머니 속에 감춰둔 튜브를 꺼낸 후 그녀를 놓아주고 뒤로 물러섰다.

그는 의자에 튜브를 겨누었다. 작은 분홍색 혓바닥이 튀어 나가서 의자를 건드리자, 먼지밖에 남지 않았다. 릭이 말했다.

"분해 빔이야. 이제 텔레스크린으로 열심히 일하는 게

좋겠군. 행성 전체에 연결되겠지? 모두에게 회사를 습격하던 날 밤에 여기에서 무슨 일이 일어났는지 말해주는 게 좋겠어."

메이요가 천천히 일어나서 릭을 마주했다. 세인트 존이 말했다.

"그게 뭘 의미하는지 알 텐데요."

"물론이지. 너희 거위 새끼들이 제대로 튀겨지겠지? 훌륭하고 이타적인 화성의 구원자들이 썩 매력적으로 보이진 않겠지."

"실행하기 전에 잠시만 생각해요, 릭. 사람은 원하는 걸 손에 넣기 위해 가능한 방법은 뭐든 동원해서 싸우는 법입니다. 믿거나 말거나, 맥과 나는 정직해요. 당신에겐 5만 크레디트가 있다는 걸 기억해요."

"이젠 아니야. 메리 엘렌 도에서 탈출하는 데 썼거든."

에란 맥이 휘파람을 불었다.

"그러니까 그게 당신에겐 그 정도 가치였군! 화성 대신에 뭘 주면 되겠나?"

"너희야말로 한 세계 대신 나에게 뭘 줄 수 있지?"

릭이 받아쳤다.

세인트 존과 메이요와 에란 맥은 릭을 쳐다보고 서 있었다. 릭은 고집스럽게 턱에 힘을 주고, 부루퉁하게 눈을 반쯤 내리뜨고는 얼굴을 찌푸렸다. 그는 메이요의 얼굴을 보지 않으려 애썼다.

세인트 존이 한숨을 내쉬었다. 그는 늙은이처럼 천천히 손을 뻗어서 텔레스크린 연결을 누르려고 했다.

"잠깐!"

릭이 쉰 목소리로 외쳤다.

그들은 릭을 응시한 채로 굳었다. 릭의 얼굴에는 땀이 맺혔고, 손은 살짝 떨리고 있었다.

"기다려. 들어봐. 어제 키라가 케어 히브라에서 죽었어. 웃으면서 죽었지. 키라는 새로운 화성에서 다시 태어날 거라고, 그때는 자기가 새로운 화성을 만들도록 도왔다는 걸 기억할 거라고 했어. 나와 같이 도왔다는 걸! 맙소사, 내가 그렇게 했지. 내가 이 지저분한 먼지 덩이를 한데 뭉쳐서 움직이게 했어. 누구도 그렇게 하지 못했을 거야. 나 말고는 누구도!"

그는 말을 멈추고 눈을 문질렀다.

"내가 왜 키라가 한 말에 이렇게 신경 쓰는지 모르겠군. 키라가 다시 태어나기는 할지, 기억하기는 할지 모르는데도……. 하지만 키라가 정말로 다시 태어난다면! 메이요, 이리 와."

메이요는 그 말대로 했다. 그녀의 눈에 다시 빛이 돌아오기 시작했다.

"들어봐, 메이요. 내 그림자가 화성에 드리운다는 예언이 이런 뜻이었을까? 내가 두 손으로 화성을 통합시켰기 때문에, 지금도 앞으로도 내 그림자가 남아 있을 거라는 뜻일까? 생각해봤어, 메이요. 난 이 세상을 손에 넣을 수도 있고, 그게 아니라도 꽤 성공적인 시도는 할 수 있어. 내가 화성을 쥐어짜서 말려버릴 수도 있겠지만, 하지만…… 하지만 다른 행성들도 있고, 난 아직 젊고, 나는……."

그는 메이요를 가까이 끌어당겼다.

"말이 되는 소리 같아, 메이요? 난 화성보다는 차라리 당신을 얻겠어. 언젠가 말했듯이 당신은 나의 일부이고, 당신을 얻을 수 없다면 뭘 가진들 소용이 없어. 그거 알아? 여기까지 돌아오기 위해서 도망치던 내내, 난 사실 화성에 대해 조금도 생각하지 않았어. 당신을 생각했지."

"내가 당신에게도 영혼이 있다고 했지. 찾아낼 수만 있다면."

메이요가 속삭였다. 릭은 그녀에게 입을 맞췄다.

"내 영혼은 잊어버리자. 난 당신을 찾아냈으니까."

릭의 팔에 힘이 들어갔다.

세인트 존과 에란 맥은 고개를 돌렸다.

릭은 잠시 후에 중얼거렸다.

"다른 행성들. 언제나 바깥이 있어. 소행성대가 있고, 목성도 있어. 우주선 성능은 해마다 좋아지고, 바깥으로 나갈 개척자가 필요해. 당신이 나 없이 여기 남고 싶다면 또 모르지만."

메이요는 입술로 그의 말을 막았다.

릭은 웃기 시작했다.

"내가 미친 것 같군. 저기 세인트 존을 좀 봐. 서류를 잔뜩 쌓아 올린 책상 뒤에 앉아서, 벌써부터 정치와 인허가와 사기꾼에 대한 걱정으로 눈 밑이 처지고 있군. 내가 그러지 않아도 되니 다행이야. 나도 생각해봤지. 개척은 좋지만, 그 뒤에 도로를 까는 건 힘들기만 한 일이야. 다른 사람이 해도 돼."

그는 메이요를 단단히 끌어안은 채 앞으로 걸어갔다.

"좋아, 이제 고민거리는 댁들이 떠안았어. 하지만 내가 협박을 끝냈다고 생각하진 마. 장비를 완벽하게 갖춘 최고로 좋은 우주선하고, 거기 어울리는 승조원들, 그리고 내가 소행성대에서 가져온 물건을 사고팔 1급 영업권을 내놔. 그리고 명심해."

그는 목소리를 낮게 깔고는 불편한 심정에 얼굴을 붉혔다.

"키라가 정말로 돌아올 경우를 대비해서 길을 잘 깔아. 알았어? 키라가 날 기억하고, 화성에 드리운 내 그림자가 여전히 좋은 영향을 미친다고 생각하게 말이야."

옮긴이의 글

《화성에 드리운 그림자Shadow over Mars》(1944)는 한국에 두 번째로 소개하는 리 브래킷의 작품이다.

리 브래킷이라는 작가를 짧게 소개하자면 우선 세 문장이 떠오른다. '스페이스 오페라의 퀸', 여성 최초로 휴고상 후보에 오른 작가, 그리고 성별 무관하게 할리우드에서 처음으로 성공한 SF 작가.

먼저 나온 브래킷의 소설 《아득한 내일》을 읽은 독자라면 이 소개글에 잠시 의문을 가질지도 모르겠다. 《아득한 내일》은 SF 뉴웨이브기의 등장을 예고하는 서정적이고 문학적인 포스트 아포칼립스 소설로, 시간을 뛰어넘어 지금도 공명하는 지점이 있다. 그러나 그 작품성과 별개로, 앞서 작가를 소개한 말과는 쉽게 연결되지 않는다.

휴고상 후보작이긴 했지만, 스페이스 오페라도 아니고 할리우드의 리 브래킷과도 상관이 없다.

사실 이번에 소개하는 《화성에 드리운 그림자》야말로 작가의 본령이자 고향이다. 이 작품은 스페이스 오페라이면서 하드보일드 색채가 담겨 있고, 미국 SF 황금기 끄트머리다운 낙관과 더불어 전복과 혁명이 있으며, 한때 지극히 남자들의 세계였던 이 두 장르를 사랑한 한 여성 작가의 욕망이 담겨 있다.

리 더글러스 브래킷은 1940년대에 20대 중반의 나이로 SF 잡지에 소설을 발표하며 작가 생활을 시작했다. 애초에 SF 팬덤 출신으로 지역 커뮤니티에서 활발한 팬 활동을 전개했으며, 여성으로만 이루어진 SF 팬진에 글을 쓰다가 자연스럽게 데뷔했다. 훗날, 그가 할리우드로 가서 시나리오 작가로 성공한 후에도 스페이스 오페라를 자신의 '첫사랑'이라고 말한 것도 당연하다.

리 브래킷이 성장하던 1920년대와 1930년대 미국은 펄프소설의 시대로, 당시에 유행한 SF와 탐정소설이 브래킷의 두 축을 이룬다. 브래킷의 초창기 SF는 《화성의 공주》를 필두로 하는 바숨 시리즈와 지저세계 펠루시다 시리즈 등으로 인기를 구가한 에드거 라이스 버로스의 영향을 많이 받은 모험소설이었고, 탐정소설로는 레이먼드 챈들러풍의 하드보일드 미스터리를 썼다.

이후 그의 작가 이력은 생각지 못한 곳으로 흘러간다. 그의 하드보일드 소설을 읽은 할리우드 제작자 하워드 혹스가 연락하면서 영화 〈빅 슬립〉의 시나리오를 맡은 것이다. 당시 하워드 혹스는 소설만 읽고는 남자 작가라고 생각했다지만, 여성 작가라는 사실을 알았다고 해서 생각을 바꾸지는 않았다. 브래킷은 SF 작가로서는 처음으로 할리우드에서 성공했고, 이후 〈리오 브라보〉 〈기나긴 이별〉 등 지금까지도 손꼽히는 하드보일드 누아르와 서부극 여러 편을 남겼다. 그리고 처음 맡은 SF 시나리오가 〈제국의 역습〉이었는데, 조지 루카스의 스토리를 받아서 초안을 완성하기는 했으나 1978년에 갑작스레 사망하면서 이후 수정한 2교 이후 작업은 로렌스 캐스단에게 넘어갔다.

이렇게 당대에 성공을 구가한 대중 작가였건만, 리 브래킷은 한동안 잊혀졌다가 재발굴되었다. 이유야 여러 가지로 생각할 수 있지만, 결국에는 답은 하나다. 조명하지 않으면 잊히기 때문이다.

어슐러 K. 르귄은 2011년에 쓴 에세이 〈사라지는 할머니들〉*에서 여자들의 소설을, 여성 작가를 하나씩 배제

---

* 어슐러 K. 르귄, 이수현 옮김, 《찾을 수 있다면 어떻게든 읽을 겁니다》, 황금가지, pp. 159~170.

하는 수법을 네 가지 꼽았다. 그 네 가지 수법이란 폄하하기, 누락시키기, 예외화하기, 실종시키기다. 예를 들어 여성 작가의 글을 두고 '우아하다, 가슴 저민다, 감성적이다' 같은 칭찬은 해도 '선이 굵다, 강력하다, 대가답다'는 말은 하지 않는 것이 교묘한 폄하의 수법이다. 서평을 덜 하고, 상을 덜 주고, 남성 작가만으로 이루어진 후보 목록은 많았어도 여성 작가만으로 후보 목록이 나오면 균형이 맞지 않다고 느끼는 것은 누락시키기의 예시다. 위대한 여성 작가가 나오면 '독특한' 예외라고 상찬하고 '놀라운 우연'으로 취급하는 것이 예외화하기다.

그리고 실종시키는 경우가 있다. 생전에 많이 팔린 인기 작가였어도 사후에는 거의 언급되지 않고, 절판된 작품을 발굴하지 않으며, 마침내는 한때 많이 팔리고 인기가 있었다는 사실조차 잊히는 것이 여성 작가가 실종되는 방식이다. 어디서 많이 들어본 이야기 같지 않은가? 리 브래킷은 이런 배제 수법의 사례로 손꼽을 만한 작가다.

메리 셸리를 현대 SF의 시조로 보는 데까지는 많이들 동의하는 지금도, 그 이후의 여성 SF 작가의 계보를 이야기하면 시간을 건너뛰어서 1960년대 페미니즘 SF부터 거론하는 경우가 많다. 그러나 여성 작가의 공백기처럼 보이던 시절, 일명 미국 SF의 황금기 시절에도 펄프 SF를 쓰던 여성 작가가 있었다. 리 브래킷이 대표적이다.

그러나 리 브래킷은 잊혔다. 당대에는 선 굵은 소설을 쓴다는 이유로 남성 작가로 오인받았고, 사후에는 여성 작가라서 실종됐으며, 다시 여성 작가의 계보를 찾을 때는 남자처럼 쓴 여성 작가라서 빠졌다! 여성 작가였으니 남성 SF판을 흔들 만한 여성 작가다운 작품을 써야 했다고 말한다면, 그건 다시 여성 저자를 배제하는 수법 1번 '폄하하기'에 걸려드는 셈이 아닐까? 이거야말로 여성 작가이기 때문에 겪는 이중고인 셈이다.

그래도 재발굴은 이루어졌고, 계보는 돌아왔다. 리 브래킷의 많은 작품이 사후 30년 가까이 절판되었다가, 2010년대를 넘기면서 띄엄띄엄 다시 나오기 시작했다. 탄생 100주년이었던 2016년에 브래킷이 쓴 〈제국의 역습〉 초안이 공개되었고, 2020년이 되어서야 레트로 휴고상을 수상했다. 그와 더불어 많은 과거 작품이 재간되었다. 이 책 《화성에 드리운 그림자》는 바로 레트로 휴고상 최고작품상 수상작이다.

대개 고전문학은 엄숙한 문학 실험이 아니라 당대에는 대중소설이었다. 그리고 인기 대중예술은 그 시대를 반영한다. 《화성에 드리운 그림자》도 그렇다.

이 책을 간단히 소개하자면, 우주시대에 대한 장밋빛 꿈이 대항해시대의 기억과 결합했던 옛날 모험소설의 전형 같다. 줄거리는 이렇다. 태양계 밑바닥을 구르던 거칠고 강한 남자 릭이 부당한 착취자 회사에 잡혀 광산 노예가 된다. 타고난 반항아인 릭은 탈출하는 과정에서 아름답고 매력적인 화성 인권 활동가 메이요를 만나 함께 화성을 횡단하며 온갖 기기묘묘한 고난을 겪다가, 결국에는 화성도 해방시키고 본인도 승리한다. 오락소설답게 전개가 빠르고 시원시원하다.

당시 이 소설을 읽은 독자들은 작가가 여성이라는 사실을 의식했을까? 눈치도 못 챘을 것 같다. 전형적인 남성향 판타지 같은 영웅 서사 아닌가. 그러나 지금의 독자인 나는 문득 킬킬거리고 만다. 이를테면 주인공 릭이 죽도록 얻어맞고 구르고 뒤통수를 맞고 벌거벗고 피를 흘리는 반면, 두 명의 주요 여성 캐릭터는 눈요기 장면이 거의 없다는 사실을 눈치챌 때 그렇다. 야생동물 같던 주인공이 두 여성 캐릭터의 인도와 감화를 받아 변하고 길든다는 점도 마찬가지다. 소설의 주인공은 남성이지만, 이 남성은 여성 작가의 이상적 '대상'으로 존재하는 남성이다. 남성의 동경보다도 여성의 욕망이 투영된 마초남이랄까.

하드보일드와의 접점을 생각하면 더욱 흥미진진해진다. 미국의 하드보일드 소설은 대공황과 함께 탄생했다. 자본주의는 실패했고, 자본가의 욕심 때문에 많은 사람이 고통받는다는 생각을 많은 사람이 공유했다. 그래서 고상한 귀족이 하층 범죄자를 잡는 이야기가 주류였던 셜록 홈스 시대와 달리 하드보일드에서 노동자를 착취하는 진짜 범죄자는 자본가 계급이며, 주인공 영웅은 '남자 중의 남자'인 동시에 노동계급의 생존자다. 여기에서 유사한 지점이 보이는가? 우리의 근육질 마초남 주인공 릭은 우주의 노동자이며, 모든 법을 무시하고 지구인과 화성인을 착취하고 지배하는 '회사'에 맞서야 한다. ("회사를 타도하라!")

그러나 큰 차이가 있다. 하드보일드 소설은 자본가를 적대시하지만, 실제로는 글 속에서도 혁명을 일으키지 못했다. 결말에 범인을 잡기는 하지만, 거대한 불의는 그대로 남아 있고 탐정이 할 수 있는 일은 별로 없다. 법과 정의는 믿을 수 없고 세상에는 낙관도 희망도 없다. 계정민은 특히 팜므 파탈이라는 이름의 매력적이지만 탐욕스러운 여성이 응징받는 구조를 들어, 하드보일드는 팜므 파탈 여성에게 착취적인 자본가 계급을 투사한 후에 그를 응징함으로써 지배계급과 타협했다는 해석을 내놓았다.* 하드보일드의 씁쓸한 결말은 냉정한 현실인식으로만 볼 게 아니라 교묘한 협상이었다고도 볼 수 있다는 것이다.

《화성에 드리운 그림자》는 하드보일드와 시대 의식을 공유하되, 다른 방향으로 나아간다. 우선 릭은 부분적인 승리로 씁쓸하게 타협하지 않는다. 그는 착취받던 지구인 노동자와 식민지 화성인을 규합하여 회사를 무너뜨리는 데 성공한다. 그리고 팜므 파탈이 아니라 오히려 확실한 이상과 가치관을 갖고 주인공을 돕고 이끄는 두 여성 동지에 힘입어서 소명을 깨치고 올바른 영웅의 길을 택한다. 왕이나 권력자로 타락하지 않고, 영원히 순수한 모험가로 남은 것이다.

계속 웃으면서 이야기를 읽다가, 결말에 이르러서 한숨을 내쉬었다. 다른 게 아니라 이런 낙관, 어디로든 갈 수 있을 것 같던 그 에너지야말로 황금시대 SF의 부러운 점이라는 생각이 들었기 때문이다.

그런 의미에서, 알마의 FoP(포비든플래닛) 클래식 시리즈에서 함께하는 다시 쓰기 소설로 이 소설이 쓰인 1940년대에 아직 남아 있던 상상 속의 화성, 태양계 다른 행

---

* 계정민, 《범죄소설의 계보학》, 소나무, p.330.

성에도 사람이 살고 도시가 있으리라던 당시의 몽상이 실제였다면 어땠을까 하는 일종의 대체 역사물을 써보았다. 이 짧은 소설은 본편의 앞 이야기로도 읽을 수 있다. 지금이라면 작가가 여성을 주인공으로 하는 스페이스 오페라도 쓰지 않았을까 상상하기도 했지만, 단편소설로 쓰기는 무리였다는 작은 아쉬움을 남겨둔다.

고전 SF를 발굴하여 지금 한국의 작가가 쓴 글을 덧붙인다는 독특한 기획에 함께할 기회를 준 알마출판사에 감사한다. 번역에는 1953년의 잡지 《판타스틱 스토리》 게재본과 《테라에서 온 네메시스 The Nemesis from Terra》라는 제목으로 출간된 1961년 토르Tor판을 함께 활용했다. 작중에서 '난쟁이'로 나오는 인물은 최근 작품이라면 왜소증이나 성장장애인으로 표현했을 수도 있으나, 작품의 시대 분위기를 살리는 뜻에서 그대로 옮겼음을 양해 바란다.

부디 독자들도 이 소설을 즐겁고 신나게 읽어주면 좋겠다.

《화성에 드리운 그림자》 다시 쓰기
화성의 그림자

✦

이수현

20년간 상상문학을 주로 번역했고, 환상소설을 쓴다. 《빼앗긴 자들》 《체체파리의 비법》 《킨》 《블러드차일드》 《유리와 철의 계절》 《세상 끝에서 춤추다》 《새들이 모조리 사라진다면》 《아메리카에 어서 오세요》 '얼음과 불의 노래' 시리즈, '엠피리언' 시리즈 등 많은 SF와 판타지, 그래픽노블 등을 옮겼다. 러브크래프트 다시 쓰기 소설 《외계신장》과 도시판타지 《서울에 수호신이 있었을 때》, 중앙아시아를 무대로 한 SF 《사막의 바다》 등을 썼다.

지구인에게 화성은 언제나 특별했다. 밤하늘의 붉은 점이었던 시절부터 그랬다. 1609년, 갈릴레이가 망원경을 발명하고 별과 행성을 좀 더 잘 보게 되면서부터 그 특별함은 더욱 커졌다.

1784년, 윌리엄 허셜William Herschel은 영국 왕립학회에서 화성은 지구의 복사본이며, 화성에도 지구와 똑같이 사람이 산다고 단언했다.

1888년, 조반니 스키아파렐리Giovanni Schiaparelli는 그동안 관찰하여 제작한 화성 지도를 발표했다. 이 지도에서 특히 눈길을 끄는 것은 붉은 땅 표면에 이리저리 팬 가늘고 긴 줄무늬였다. 그는 조심스럽게 이 무늬가 물길처럼 보이기도 한다고 말했는데, 언론은 이를 인공 운하라는 뜻으로 오역하여 대서특필했다.

1894년, 퍼시벌 로웰Percival Lowell은 화성 운하에 대해 알고 재산을 털어서 애리조나주 플래그스태프에 천문대를 만들었다. 여기에서 당대 최고 성능의 망원경으로 본 화성 표면에는 스키아파렐리의 지도 이상으로 복잡한, 거미줄처럼 빽빽한 운하망이 있었다.

로웰은 이후 15년에 걸쳐 화성을 집중적으로 연구하고 관찰한 내용을 그림으로 그리고, 책도 여러 권 출간했다. 그는 화성 표면이 붉은 것은 극심한 건조 현상 때문이며, 드문드문 보이는 검은 점은 오아시스라고 해석했다. 현재 물 부족에 시달리는 화성인들이 극관의 얼음이 녹아 흘러내리는 물을 이용하기 위해 이렇게 방대한 운하망을 건설했다는 주장이었다. 물론 이는 만리장성을 넘어서는 거대한 건축물을 지을 수 있는 능력과 필요가 있는 문명이 존재한다는 것을 전제로 했다. 화성에는 분명 사람들이 살고 있었다.

문제는 그것이 어떤 사람인가 하는 것이었다.

로웰의 발표가 엄청난 반향을 일으키면서, 많은 사람이 화성인이 어떤 모습일지에 대해 상상하고 갖가지 의견을 내놓았다. 허셜의 주장대로 '똑같은 사람'일 거라는 주장과 전혀 다를 거라는 주장이 팽팽하게 맞섰다. 화성인에 대한 상상을 담은 소설도 많이 나왔다. 지구인보다 오래된 종족일 테니 머리가 훨씬 클 거라는 주장이 있었고, 반대로 지구인보다 발달이 덜 된 유인원일 거라는 주장이 있었다. 피부가 초록색이다, 피부가 회색이다, 피가 파란색이다, 아예 인간 형태가 아니라 연체동물일 수도 있다, 곤충같이 생겼다는 상상도 나왔다. 우리는 이미 화성인을 만났으며 전설 속의 요정이나 악마나 식인 괴물이 사실 화성인의 모습을 본 거라는 주장도 나왔다.

대부분의 사람은 이런 주장을 재미로 즐겼지만, 화성인 또한 하나님의 자식이니 전도하러 가야 한다고 믿는 사람들, 화성이야말로 천국이라고 믿거나, 반대로 핏빛 지옥이라고 믿는 사람들도 나타났다. 많은 사람이 화성에 가보고 싶어 하고 화성인을 보고 싶어 했지만, 두려워하는 사람들도 있었다. 화성인이 우호적일 거라고 믿을 수는 없다며, 지구를 침공해서 우리 모두를 죽이거나 노예로 삼고 지구를 차지하려 할 거라고, 방비를 단단히 해야 한다거나 먼저 화성을 공격해야 한다는 사람들도 있었다.

이러나저러나, 화성을 직접 보고 싶어 하는 사람들 때

문에 망원경 판매가 폭증한 것은 물론이다. 화성인도 지금 우리처럼 망원경으로 지구를 보고 있을지 묻는 사람이 많았다. 호기심, 설렘, 두려움 속에서도 화성은 달을 제치고 사람들이 가장 먼저 가보고 싶어 하는 곳이 되었다. 우주 개발에 대한 투자도 이어졌다. 우주로 가기 위한 온갖 기상천외한 방법이 제시되었다. 거대한 열기구를 만들어서 직접 타고 날아올랐다가 비극적인 죽음을 맞이한 부호도 있었다. 명상을 통해 영혼만 화성에 보낼 수 있다고 주장하는 구루도 인기를 끌었다.

그런 소동 속에서도 망원경은 더 발전하고, 과학도 발전했으며, 비행체 기술도 발전했다. 가장 많은 역량이 집중된 것은 '뉴턴의 대포', 로켓이었다. 러시아의 콘스탄틴 치올콥스키Konstantin Tsiolkovsky는 1897년에 로켓 방정식을 확립하고, 다단계 로켓과 우주 엘리베이터 개념도 제안했다.

그러나 화성 열풍이 아무리 거세다고 해도 아직은 화성이 지구인의 손이 닿을 때는 아니었다. 하늘로 날아오르기는 쉽지 않았고, 늘 그렇듯 지구에는 지구의 문제가 너무 많았다. 그때까지 없었던 규모의 거대한 전쟁이 터지고 많은 사람이 죽었다. '모든 전쟁을 끝낼 전쟁'이라고도 불린 유럽대전과 함께 대중의 화성 열풍은 가라앉고, 여전히 화성에 평생이라는 시간과 전 재산을 바치는 몽상가와 과학자만 남았다.

다시 대중이 화성에 관심을 돌린 것은 1930년대 후반이 되어서다.

1938년, 미국의 라디오 방송에서 갑자기 지구의 여러 도시에 거대한 우주선이 내려앉았으며, 그 안에서 길쭉한 세 개의 다리가 달린 기계가 나와서 열광선을 쏘기 시작했다는 뉴스가 흘러나왔다.

너무나 실제 같은 침공 뉴스에 사람들은 충격과 공포에 사로잡혔고, 피난길에 나선 사람들이 있는가 하면, 주 방위군 출동을 명령한 주지사도 있었다. 이 사실 같은 뉴스가 1898년에 웰스가 쓴 소설《우주전쟁》을 각색한 드라마였다는 사실이 알려진 후에도 충격은 가시지 않았다. 이제 사람들은 밤하늘의 붉은 빛을 보며 적대적이고 두려운 외계인을 상상했다. 화성인들은 물이 부족해진 화성 표면에 거대한 모래폭풍이 일 때마다 풍요로운 지구를 탐내며 침공 계획을 짜고 있을 것이라고 믿는 사람들이 늘어났다.

이는 군대가 우주 개발에 더 적극적으로 나서는 결과를 낳았다.

제2차 세계대전이 끝나고, 큰 전쟁의 상처가 아무는 과정에서 새로이 불거진 강대국 간의 경쟁은 이제 우주로 무대를 옮겼다. 화성에 가고 싶다는 사람들의 열망 덕분에 이전과는 비교도 되지 않을 정도로 큰돈이 우주 개발에 쏟아져 들어갔으며, 화성인이 침공해 올지 모른다는 두려움 덕분에 공군이 주도권을 쥘 수 있었다. 전쟁과 함께 비약적으로 발전한 로켓 기술이 이를 뒷받침했다.

로켓은 그사이에도 착실하게 발전하고 있었다. 1926년에 이미 로버트 고더드Robert Goddard가 최초의 액체 연료 로켓 시험비행에 성공했다. 1935년에는 자이로스코프 유도장치의 도움을 받아 4킬로미터를 날아가는 데 성공하기도 했다. 이 로켓 기술은 다시 터진 거대한 전쟁에서 무기로서 더욱 빠르게 발전했다. 그리고 제2차 세계대전이 끝난 후, 독일의 V-2 로켓 기술은 고스란히 미국과 소련으로 옮겨 갔다.

1961년, 처음으로 사람이 직접 우주여행을 하는 데 성공했다. 이번에 경쟁에서 이긴 나라는 소련, 주인공은 유리 가가린Yurii Gagarin이었다. 다시금 우주 열풍이 대중을 휩쓸었다. 이제는 라디오만이 아니라 화면을 직접 보여주는 텔레비전이라는 물건이 나와 있었기에, 이전과는 양상이 달랐다. 소련과 미국에서 새로운 로켓이 날아오를 때마다 텔레비전이 있는 집에 동네 사람들이 다 모여서 침을 삼키며 성공을 기원했다. 그것은 전쟁의 폐허에서 겨우 회복하여 가난에서 벗어나려 하던 한국 같은 나라에서도 다르지 않은 풍경이었다.

1964년, 소련에 지지 않으려고 이를 악문 미국의 마리너 4호가 화성 근접 궤도를 스치면서 이전과는 비교할 수 없을 만큼 자세하게 지표면을 촬영하는 데 성공했다.

화성 상공에서 처음 찍은 사진이 지구에 도착했을 때, 손에 땀을 쥐고 기다리던 사람들은 흥분하고 실망했으며, 또 실망했다가 다시 흥분했다. 실망은 대부분의 사람이 꿈꾸던 것과 사진이 다르다는 사실 때문이었다. 화려한 화성 문명 같은 것은 보이지 않았다. 몇십 년 동안 지구인들이 바다라고 믿었던, 화성 표면의 20퍼센트를 차지한 거대한 그림자는 황량한 사막에 불과했다. 그 사막에는 물줄기도, 운하도 없었다. 우리가 지금까지 잘못 알았던 걸까, 아니면 우리는 이미 늦었고 화성 문명은 이미 멸망한 걸까, 생각이 드는 순간이었다.

그러나 그다음 사진을 본 사람들은 다시 열광할 수밖에 없었다. 첫 번째 사진이 찍은 곳은 말라붙은 바다였지만, 각도를 옮겨서 찍은 사진에는 명백히 운하망이 보였다. 심지어 그 전까지 망원경으로는 알아보기 힘들었던 발견도 더해졌다. 드문드문 식물군처럼 보이는 그림자도 찍혀 있었고, 무엇보다도 사람들을 흥분시킨 것은 거대한 건축물로 보이는 그림자의 존재였다. 요새와 탑, 도시로 보이는 그림자들이 있었다!

많은 사람이 이미 믿고 있었던 화성인의 존재를 처음으로 확인한 감격의 순간이었다.

상공 1만 킬로미터에서 찍은 사진은 당시 기술로 아무리 분석해도 한계가 있었지만, 그렇기에 더욱 사람들의 상상력을 자극하기도 했다. 과학자들은 물론이고 수많은 사람이 이 22장의 사진을 나노 단위로 분석했다. 이는 이후 10년에 걸쳐 수많은 무인 우주선과 유인 우주선이 실패를 거듭하면서도 화성으로 날아가게 한 원동력이었다.

그렇다. 화성이 성큼 눈앞으로 다가온 듯했으나 정작 유인 우주선 착륙까지는 아직도 10년의 세월이 더 걸렸다. 지구인의 발이 화성 땅을 밟으면서 본격적인 태양계 시대, 또는 두 번째 대항해시대가 시작된 것은 1976년에 이르러서다.

지구와 화성은 공전 주기와 공전 궤도가 다르기에, 지구와 화성의 거리는 계속 변했다. 두 행성 사이의 거리가 가장 가까워지는 근접기에 발사해야만 했기에 생각만큼 자주 로켓을 쏘아 올릴 수가 없었다. 게다가 알 수 없는 이유로 유난히 화성으로 향하는 우주선은 사고가 많았다. 수많은 무인 우주선이 태양에 삼켜졌고, 유인 우주선의 희생도 적지 않았다. 들어가는 비용 또한 어마어마했다. 이 돈으로 차라리 지구의 많은 문제를 해결하는 게 낫지 않겠냐는 비판도 꾸준히 존재했다.

10년 동안 미국이 달 착륙에 성공하고, 소련의 무인 탐사선 마스 3호가 마리너 4호보다 더 선명한 화성 표면 사진을 찍어 보내고, 또 화성을 향해 출발했으나 우연히 금성에 먼저 스친 다른 탐사선이 금성에 존재하는 거대하고 빽빽한 밀림을 찍어 보내지 않았더라면, 그런 목소리가 더 힘을 얻었을지 모른다.

그러나 이런 과정은 인간이 차츰 태양계 전체로 영역을 넓히고 있다는 확신을 더해줬고, 이런 시대에 지구인끼리 전쟁을 벌이는 것이 얼마나 무의미하냐는 성토로도 이어졌다. 평화 시위가 이어지고, 언제라도 핵전쟁을 벌일 것 같던 날카로운 냉전 구도는 누그러들었다. 지구는 그 어느 때보다 큰 낙관에 넘쳤고, 우주 개발이야말로 지구의 문제를 해결하기 위한 투자로 여겨졌다. 그 분위기 속에서 그동안 막대한 자본을 축적한 회사들도 움직였다. 민간 우주 개발 회사가 경쟁에 합세한 것이다.

후술하겠지만, 1970년대의 시대 분위기 때문에 정작 1976년에 이루어진 화성 착륙은 누군가의 승리가 아니라 '모두의 성공' 또는 '선의의 경쟁이 이루어낸 결과' 등으로 주로 이야기된다. 그러나 표면상으로는 그렇더라도 누군가는 경쟁하기 마련이다. 최초의 무인 탐사선 궤도 진입, 최초의 무인 탐사선 착륙 성공은 소련이 이뤄냈다. 비록 착륙하자마자 알 수 없는 이유로 폭발하기는 했지만 말이다. 그다음 착륙 성공은 소련, 미국, UN, 민간 회사에서 비슷한 시기에 이루어냈다. 그러나 역사는 바이킹호를 주로 기록한다. 처음으로 화성인의 모습까지 제대로 화면에 담아 전송한 것은 미국의 바이킹호였기 때문이다.

 두고두고 쓰일 만큼 극적인 장면이었다.

 착륙선이 내려앉으면서 피어오른 먼지구름이 서서히 가라앉고 있을 때 신중하게 우주복을 입고 먼저 내려선 선장 비티 올드린이 주위를 둘러본다. 그리고 먼지구름 사이로 누군가가 나타난다. 인간이다. 온몸을 가리는 낙낙한 옷을 입고, 얼굴에는 경계심과 함께 명백히 호기심이 떠올라 있다. 무기도 들고 있지만, 당장 비티 올드린을 공격하려고 하거나 겨냥하지는 않는다. 두 사람은 서로 마주 보고 멈춰 서 있지만, 금방이라도 서로에게 다가갈

듯하다.

사진만 보면 우주복을 입고 있는 쪽이 외계인 같고, 놀란 얼굴로 서 있는 사람이 지구인 같았다.

이 화면을 몇 분 후에 전송받은 지구는 충격과 흥분과 열광에 휩싸였다. 지나친 흥분에 심장마비를 일으킨 환자가 한둘이 아닐 정도였다.

최초로 화면에 담긴 화성인은 곤충도 아니고, 문어도 아니었으며, 다른 온갖 상상 속에 나왔던 기괴한 형상과도 거리가 멀었다. 머리가 엄청나게 크거나 뇌가 드러나 있지도 않았다. 표정까지 바로 알아볼 수 있을 정도로 그냥 사람의 모습이었다.

바로 그 점 때문에 이 사진이 지구의 스튜디오에서 찍은 것이라는 음모론 또한 두고두고 따라다니기는 하지만 말이다.

이후 며칠 동안은 텔레비전만 붙들고 있는 사람들 때문에 길거리가 텅 비고, 회사도 공장도 멈출 지경이었다. 사진이 전해지고 정보가 더해질 때마다 전문가와 비전문가가 온갖 분석과 추측을 쏟아냈다. 같은 말이 계속 반복되어도 아무도 신경 쓰지 않았다.

속속 다른 착륙선들에서도 정보가 더해졌다.

쇠락한 화성인들은 주로 여러 개의 도시국가에 나뉘

어 살고 있었다. 이들은 서로의 존재를 알고 있었고, 어떤 경우에는 좀 더 큰 도시국가 아래 작은 도시들이 복속하는 형태의 연합체를 형성하기도 했다. 중세와 고대의 요새를 섞은 듯한, 그러나 낮은 중력 때문인지 지구의 어떤 요새보다도 높고 거대한 요새 도시가 하나 발견되었다. 그곳에는 누가 봐도 왕에 해당하는 듯한 존재와 전사로 보이는 군사 집단이 있었다. 현재 화성인들의 주요 문명은 지구의 중세에 가까워 보였다.

이외에 조금씩 물이 흐르는 운하망을 따라 드문드문 마을이 존재했다. 인간 외에 다른 동물들도 간혹 목격되어 찍혔다. 사막 한가운데에 서 있는 탑에서 날개 달린 사람들이 날아오르는 장면이 지구에 전송되었을 때는 오랜만에 여론이 다시 폭발했다. 이 발견은 민간 회사 마스드림의 작품이었다.

자료를 한꺼번에 축적하는 과정에서 수많은 논의도 함께 이루어졌으며, 혼란도 만만치는 않았다.

우선 왜 이렇게 화성인이 지구인과 비슷한가에 의문을 품는 사람이 많았다. 마침 1976년에 출간된 제카리아 시친의 저서 《12번째 행성》은 태양계에서 가장 오래된 인류 문명의 출발점이 니비루라는 행성이었다고 주장하며, 이 행성에 살던 아눈나키라는 종족이 지구와 화성 양쪽의 조상이라고 했다. 고대 수메르 문명은 아눈나키가 만든 것이며, 그들이 노예로 부리기 위해 만든 것이 지금의 인류라는 내용이었다. 과학자와 종교인은 대부분 이 책에 반발하고 비판했으나, 대중에게는 시친의 주장이 큰 인기를 끌었다.

시친을 시작으로 비슷비슷한 '지혜'를 내놓은 책이 유행처럼 쏟아졌는데, 그중에서 특히 인기를 끈 이야기로는 다음과 같은 것들이 있다. 고대 아틀란티스 문명이 이미 우주선을 개발하여 화성에 이주했는데, 그 후에 아틀란티스가 멸망하고 그 지식이 잊히면서 서로 끊어진 채로 수천 년이 흘렀다는 주장. 반대로 화성에 지구보다 훨씬 먼저 융성한 고대 문명이 있어서 지구로 이주했는데, 지금의 화성 문명이 쇠락하면서 그런 역사가 잊히고 말았다는 주장.

1930년대부터 등장한, 화성이 천국이라거나, 지옥이라거나, 저승이라는 주장이 여전히 살아 있었을 뿐 아니라 명상을 통해 영적으로 화성에 방문해왔다는 구루들도 계속 등장했다는 점은 다시 언급해두기로 한다. 이들은 1970년대에 화성인이라는 새로운 타자를 마주하면서 지구에 나타난 성찰의 흐름과도 무관하지 않기 때문이다.

이 흐름의 시작을 짚으려면 1960년대로 되돌아가야 한다.

마리너 4호가 화성 사진을 찍어 보낼 무렵부터다. 젊은 이들을 중심으로 기존 사회의 군사 질서를 부정하고, 자유와 평화를 사랑하며, 물질문명에 회의를 품고, 인간성을 중시하자는 운동이 확대되었다. 일명 히피 운동이다. 명상을 통해 화성으로 여행하거나 진리를 깨달으려는 시도도 계속되었는데, 명상법과 각종 약물을 동원하는 과정에서 아메리카 선주민이나 시베리아 선주민들의 샤머니즘 의례와 비전 퀘스트 등이 새로이 조명되었다. 그러면서 또한 이들은 유럽 열강의 제국주의 역사를 통렬하게 비판했다. 화성이라는 새로운 땅을 '식민지'로만 바라보고, 유럽인들이 처음 아메리카나 오스트레일리아에 갔을 때와 비슷하게 원주민 살해를 되풀이할 것인가? 군대를 앞세운 우주 개발은 사실상 또 다른 세계를 짓밟으려는 제국주의 행보가 아닐까? 이제는 좀 더 성숙하고 진보한 태도를 취할 때가 되지 않았나? 과학자들 사이에서도 아예 화성을 관찰하기만 하고 발은 들이지 말아야 한다는 주장이 나올 정도였다.

이런 여론은 공군 주도하에 이루어지던 우주 개발에도 변화를 가져온다. 여러 대학에서 앞으로 화성인들과의 관계를 어떻게 풀어가야 하는가에 대한 논의가 활발히 이루어졌을 뿐 아니라, TV로도 중계되었다. 화성에 처음 내려가는 우주선은 한 국가가 아니라 지구인 대표여야 한다는 목소리도 강해졌으며, 앞에서 기술한 대로 민간 회사의 우주 개발이 성과를 거두기 시작한 데도 그런 영향이 없지 않았다.

1976년의 바이킹호 착륙을 두고 미국이 경쟁에서 승리했다는 식의 표현을 많이 하지 않은 것도 그래서다. 비티 올드린은 군인이기도 했지만 과학자이기도 했으며, 이때 이미 UN의 지시를 받고 있었다.

최초의 탐사자 중에는 화성인들에게 공격받은 팀도 있었다. 그러나 대체로 초기 탐사자들은 두꺼운 우주복을 입고 내려섰고, 화성인들은 활과 창으로 공격했기에 큰 피해가 없었다. 화성의 위험을 부르짖던 이들도 무력 면에서 차이가 크다는 사실을 알자 입을 다물었고, 오히려 제국주의 식민지화를 우려하던 이들의 입장이 강화되었다.

이런 흐름에 따라 1980년대부터 2000년대 초반까지 화성을 오간 사람들은 주로 과학자와 연구자였고, UN 외에도 기업의 지원금을 많이 받았다.

20년에 걸쳐 서로 물건을 교환하고, 언어를 배우고,

탐색하는 과정에서 양쪽 모두 '화성인'과 '지구인'이라는 정체성을 공유했다. 이전까지 화성의 도시국가들 사이에 모두가 하나의 종족이라는 인식은 없었다. 하물며 화성에 존재하는 다른 종족들, 몸집이 작고 날개가 달린 화성인이나 온몸이 털투성이인 유인원 유형의 화성인에 이르면 말할 것도 없었다. 그러나 지구인이라는 상대가 생기면서 이들 모두 화성인이라는 하나의 정체성을 확립했다.

지구 역시 마찬가지였다. 화성인 앞에서 지구인들 사이의 피부색 차이 같은 것은 무의미해졌다. 전 지구적인 평화 기조 또한 그 어느 때보다 강했다. 다만 생각지 못한 것은, 냉전이 수그러들고 경제적인 번영이 더해갈수록 신자유주의가 부상했다는 것이다. 이제 히피의 시대는 저물었다. 그리고 제국주의 열강이 화성인을 죽이거나 식민화하지 않은 대신, 기업이 먼저 사업을 시작했다.

제일 먼저 시작한 사업은 관광업이었다.

2000년대부터는 우주여행 비행이 한층 저렴해지면서 태양계 관광이 가능해졌다. 아직은 부유층 위주였지만, 후원금을 받을 수 있는 문필가나 맨몸으로 위험에 뛰어들 마음가짐을 갖춘 모험가들도 우주로 나갔다. 《최초의 우주》나 《금성 관찰기》 같은 책도 베스트셀러 목록에 올랐지만, 단연 최고의 인기는 화성 모험기였다. 그리고 화성의 척박한 환경이나 쇠락했지만 아름다운 문명의 모습을 (상상을 첨가하여) 아름답게 그려낸 이런 베스트셀러들은 더 많은 사람이 화성으로 날아가게 부추겼다.

때마침 화성의 도시국가인 루와 협상하는 데 성공하며 그 근처에 터를 잡은 P사가 광산업과 건설업을 시작하며 1차로 화성에서 일할 노동자를 모집하기 시작했다. 화성은 비록 척박한 땅이지만 넓었다. 그리고 이제 새로운 기회가 있어 보였다.

물론 화성이 낭만적이기만 한 곳은 아니었다. 누가 그랬던가. 낭만과 야만은 한 끗 차이라고. 화성으로 떠나면 무사히 지구로 돌아온다는 보장이 없었다. 당연하게도 주로 지원한 사람들은 지구에서 절망한 사람들, 위험을 무릅쓰고 새로운 곳에 운명을 걸어보려는 이들이었다. 1차 이주 물결에 거친 사람들과 범법자들이 다수 포함되어 있었다는 뜻이다. 이 시기에는 이미 조종사들도 엄격한 규율로 훈련받은 공군만이 아니었고, 소형 우주선 소유주 중에는 범죄자들도 제법 있었다.

그 탓만은 아니겠지만 이 무렵부터 차별 문제가 떠오르기 시작했다. 지구인들끼리의 차별이 덜해진 대신, 그

화살이 화성인에게로 향했다. 조금 늦게 발견된 금성인도 마찬가지였다. 화성인, 금성인만이 아니라 우주에서 태어난 새로운 세대도 차별 대상이었다. 그들이 중력에 약한 탓에 지구에 거의 내려가지 못한다는 점도 편견을 확산시켰다.

화성인들 역시 점차 늘어나는 지구 이주민들에 대한 반감을 키워갔다. 앞에서 말한 대로, 1차 이주민들은 거친 노동자가 많았고 범법자도 많았다. 게다가 지구를 벗어난 곳에서 똑같은 법이 적용되리라 기대할 수는 없었다. 주먹은 가깝고 법은 멀었다. 특히 개척지에서 가장 큰 힘을 쥔 것은 화성에 일찍 자리 잡은 회사들이었다.

루의 신도시 이주민들에게 적용되는 법과 질서는 P사의 법과 질서였고, 회사의 최우선 목적은 어디까지나 회사의 이윤을 키우는 데 있었다. 그들은 쉽게 지구로 돌아갈 수 없는 노동자들을 속이고 착취하면서, 그 착취와 불만은 화성인들에게 풀도록 교묘하게 유도했다. 지구 이주민과 화성인의 충돌은 점차 늘어났고, 화성인이 사는 곳은 점차 보호구역처럼 변해갔다.

2040년대, 화성인들은 지구인이 점차 늘어나는 것을 경계했으나, 대부분은 음울한 체념 속에 살아갔다. 소수의 강경파는 아직 화성인 모두가 힘을 합쳐서 지구인들을 몰아낼 수 있다는 주장을 펼쳤고, 또 소수의 온건파 중에는 지구인들과 힘을 합쳐서 화성에 새로운 활력을 가져올 수 있다고 꿈꾸는 이들도 있었다. 화성 반대편의 무역도시에는 소수나마 화성의 권익을 위해 싸우는 지구 이주민들도 있었기 때문이다.

그러나 하필 이 무렵부터 지구의 긴 평화 기간도 끝났다. 지구에서의 분쟁이 다시 심해지면서, UN은 지구 바깥에 신경을 쓸 여력이 없어졌다. 새로운 광물을 발견한 P사는 계속 노동자를 충원할 뿐 아니라 태양계 전역에서 용병을 모집하여 사설 군대를 꾸렸지만, 무역도시 측에는 경찰력조차 변변치 않았다. P사의 심각한 노동 착취를 고발하거나 화성인에 대한 범법 행위를 고발해봤자, 지구에서 오는 증원이 없으니 속수무책이었다.

그렇게 차츰 갈등만 고조되던 무렵, 그동안 화성에서 일어나던 빈번한 우주선 사고의 원인이 밝혀졌다.

화성인들 사이에 '사색가'라고 불리는, 극관에 산다는 지혜로운 사람들에 대해 확인하려던 모험가들이 연이어 실종됐다. 결국 화성 북극에 돔 형태의 구조물이 발견되었으며, 구조물이 일종의 방해 전파를 발산하고 있다는 사실이 확인되었다. 이는 왜 과거에 화성으로 향하던 수많은 무인, 유인 우주선이 실종되거나 폭발했는가에 대한 실마리를 제공했다.

P사는 관련 정보를 최대한 은폐하려고 했고, 실제로 지구로 가는 정보를 오염시켰던 것 같다. 그러나 화성 안에 소문이 퍼지는 것까지 막을 수는 없었다. 어쩌면 P사가 이 유적을 일찌감치 발견하고 유물을 독차지하고 있었던 게 아니냐는 의심의 목소리도 나왔다. 마침 P사가 악명을 날린 계기는 무리한 광산 개발이었기에, 이 광물 자체가 고대 화성 유적과 관련 있는 게 아니냐는 말도 나왔다.

P사에 몸담고 일한다고 해도 사실을 다 알 수는 없다. P사가 고대 유적에서 어떤 지식을 확보했는지 나는 모른다. 나는 다만 다음의 사실만을 인정할 수 있다. P사가 이전까지 노동자들을 심하게 착취하며, 지구에서 바닥을 친 사람들을 허울 좋은 계약서로 유인하여 화성까지 실어 나른 후에 노예처럼 부리는가 하면, 급기야는 화성에 잠시 들른 우주인들까지 납치하여 일을 시켰던 것은 사실이다. 이런 행태가 극도의 불만을 불러일으켰으며, 마침내는 화성인과 지구인 노동자 간의 동맹을 이끌어낸 것도 사실이다.

그리고 P사의 보안팀장, 사실상 군대를 움직이는 사람에게 알 수 없는 무기가 있는 것도 사실이다. 금성에서까지 충원한 군대로도 감당할 수 없는 대규모 폭동에도 보안팀장이 눈썹 하나 까딱하지 않는 건 분명히 그 무기 때문이다. 차라리 혁명이 실패한다면 모를까, 이대로 본사가 위태로운 지경에 빠진다면 보안팀장은 그 무기를 동원하여 노동자들과 화성인들을 학살하고 말겠지. 그리고 본격적인 지배자가 될 것이다.

나도 회사가 사람들을 학살하는 꼴을 보고 싶지는 않지만, 그렇다고 회사 측에서 일했다는 이유만으로 개죽음당하고 싶지도 않다. 그러니 본사로 몰려오는 저 인파를 가슴 아프게 지켜보며 그저 이런 기록을 남길 뿐이다.

[카메라 전환. 회사 부지를 둘러싼 높은 담 안쪽에서 전투를 준비하는 군인들의 모습을 잠시 비추고, 담을 넘어 까맣게 몰려든 사람들의 모습이 담긴다. 작업복을 입고 스패너를 치켜든 사람들과 가죽끈 같은 것을 두르고 칼을 든 사람들이 나란히 서 있다.]

저 사람들의 모습을 보니 만감이 교차한다. 어차피 저들은 이 건물까지 들어오기는커녕 벽을 넘지도 못할 것이다. 그럼에도 이것이 어떤 멸망의 전조처럼 암울하게 느껴지는 것은 어쩔 수가 없다. 화성인과 지구인이 한마음이 된 이 역사적인 순간이 하필 이런 식으로 탄생하다니.

 아아, 결국 역사는 되풀이되기 마련일까. 아니면 앞서 겪은 역사의 교훈이 있다 해도, 새로운 세대는 그 교훈을 직접 몸으로 겪어내야만 하는 것일까.

 아니, 잠깐만. 뭔가…….

 [카메라가 흔들리며 하늘을 비춘다. 눈부시게 밝은 빛 때문에 화면이 잘 보이지 않는다.]

 저건 뭐지? 우주선? 누군가 이륙했나?

 아니…… 어어어어, 여기로 오나 봐! 안 돼!

 [엄청난 굉음과 함께 영상이 끝남.]

* * *

 [지금 본 비디오 에세이는 지구인의 화성 이주사를 잘 다룬 대표적인 기록으로 유명합니다. 전반부에는 교과서와 다를 바 없는 건조한 사실을 나열하고 있지만 시각 자료를 잘 갖추고 있고, 후반부는 새로운 통합 화성의 역사로 넘어가는 계기가 된 사건을 생생하게 담아냈다는 점이 두드러지죠. 자세한 혁명사는 다음 시간에 계속 다룰 테니, 다음 시간까지 이 영상 후반부에 드러난 저자의 사고방식과 갈등을 분석하는 리포트를 제출하기 바랍니다.

화성 이주 자격을 얻으려면 이 부분의 역사를 숙지해야만 한다는 점을 잊지 마세요.]

지은이..리 브래킷 Leigh Douglass Brackett

1915년 로스앤젤러스에서 태어나고 자랐다. 1940년에 《어스타운딩 사이언스픽션Astounding Science Fiction》에 단편을 발표하며 작가 활동을 시작했다. 초기에는 주로 에드거 라이스 버로스Edgar Rice Burroughs의 영향을 받은 펄프픽션 화성 이야기들을 쓰다가 이후에 자기 세계를 다졌다. 1946년 같은 SF 작가 에드먼드 해밀턴과 결혼 이후에도 작품 활동을 계속하며 1950년대 미국 '스페이스 오페라의 퀸'으로 불렸다. 한편 브래킷은 첫 장편이자 첫 탐정소설인 《시체엔 소용될 것이 없다》를 계기로 영화 제작자이자 감독인 하워드 혹스Howard Hawks의 연락을 받아 시나리오 작가로도 활동하며 할리우드에서 성공한 SF 작가 계보의 선두를 끊었다. 영화계에서는 주로 하드보일드와 서부극 시나리오를 집필했으며, 지금까지도 명작으로 꼽히는 〈빅슬립〉(1946) 〈리오 브라보〉(1959) 〈롱굿바이〉(1973) 등이 있다. 조지 루카스의 의뢰로 스타워즈 〈제국의 역습〉 시나리오 초안을 잡기도 했으나, 1978년에 병으로 사망하면서 이후 작업에는 참여하지 못했다. 훗날 이 사실이 조명되었다. 시나리오 집필 외에도 여러 편의 단편과 10권의 장편을 썼고, 여성 작가로는 최초로 휴고상 후보에 올랐으며, 사후인 2020년에 《화성에 드리운 그림자》(1945)로 레트로 휴고상을 수상했다.

옮긴이..이수현

20년간 상상문학을 주로 번역했고, 환상소설을 쓴다. 《빼앗긴 자들》 《체체파리의 비법》 《킨》 《블러드차일드》 《유리와 철의 계절》 《세상 끝에서 춤추다》 《새들이 모조리 사라진다면》 《아메리카에 어서 오세요》 '얼음과 불의 노래' 시리즈, '엠피리언' 시리즈 등 많은 SF와 판타지, 그래픽노블 등을 옮겼다. 러브크래프트 다시 쓰기 소설 《외계신장》과 도시판타지 《서울에 수호신이 있었을 때》, 중앙아시아를 무대로 한 SF 《사막의 바다》 등을 썼다.

화성에 드리운 그림자

1판 1쇄 찍음 2025년 3월 28일
1판 1쇄 펴냄 2025년 4월 14일

지은이 리 브래킷
옮긴이 이수현
펴낸이 안지미
CD Nyhavn
편집 한홍
표지그림 이부록

펴낸곳 (주)알마
출판등록 2006년 6월 22일 제2013-000266호
주소 04056 서울시 마포구 신촌로4길 5-13, 3층
전화 02.324.3800 판매 02.324.3232 편집
전송 02.324.1144

전자우편 alma@almabook.by-works.com
페이스북 /almabooks
트위터 @alma_books
인스타그램 @alma_books

ISBN 979-11-5992-433-0 04800
ISBN 979-11-5992-366-1 (세트)

이 책의 내용을 이용하려면 반드시 저작권자와 알마출판사의 동의를 받아야 합니다.

알마출판사는 다양한 장르간 협업을 통해 실험적이고 아름다운 책을 펴냅니다.
삶과 세계의 통로, 책book으로 구석구석nook을 잇겠습니다.